NONFICTION
論創ノンフィクション
056

服罪

無期懲役判決を受けたある男の記録

木原育子

論創社

はじめに

ある男性が、二人の命を殺《あや》める事件を起こした。四〇年以上前の話だ。

その一文だけを目で追えば、奪った命の数に、この国で続く「極刑」を思い浮かべた人もいるかもしれない。がしかし、そんな印象とは裏腹に、目の前にいる男性は、穏やかで優しく、人間味あふれる。

事件は本当に止められなかったのか。男性は、本当はどうしたかったのか。止められる手立てはいくつもあった。あと少し、あと少し、あと少しが幾重にも重なり、取り返しがつかない事件が起きた。そのあと少しとあと少しのあいだに、本当に社会は入り込めなかったのだろうか。この事件から社会は何を学べるだろうか。

私自身、人は更生できるのか、更生とは一体どういう状態を指すのかという壮大なテーマにある種、ずっと惹かれてきた。「惹かれた」というと語弊があるかもしれないが、でもやっぱり虜になってきた。更生という漢字だけを分解してみれば、「更に生きる」ということだが、生きていくことだけでもこんなに不可思議なのに、「更に生きる」とは一体全体どういうことを意味するのか。なぜだか、そんな解答が出ないかもしれないことを考え続けてきた。自身の中にある「引っかかり」が、ずっとほどけずにいたのだ。

だが、更生というものの本質を本当に摑みたければ、罪を犯した人のまるごとを見つめ、捉える必要がある。その「まるごと」が最も複雑で、最も大きな問いを抱えているのは誰か。それは、この国で死刑の次に重い、無期懲役の受刑者なのではないかという結論にたどり着いた。死刑囚は刑が確定し、執行されてしまえば、残念ながら語る言葉を持たない。残された手記や手紙をひもとくしかない。だが、無期懲役の場合は社会に聞く耳があれば、仮釈放での出所が許された人に話を聞かせてもらうことができる。「当事者」として思いや考えを語ってもらうことができる。長期にわたって刑務所で服役していた人だからこそ、語る言葉やストーリーを持っていて、問いの解に少しでも近づけるのではないかと思った。死刑に関してはその是非を巡り、議論が続いているが、無期懲役については、これまで社会課題として大きなスポットは当たってこなかった。

男性は、無期懲役の判決後、三〇年余を刑務所で服役した。人生の半分以上を刑務所で過ごしながら、男性は何を思ったのか。仮釈放の身となった今、何を考えているのか。この社会はどう見えているのか。そして、更生とは何か――。

そのためには、男性が、事件を起こすに至るまでの環境や生育歴、そして事件に至った経緯、福祉の必要性……。男性が重ねたストーリーを丹念に紡ぎ直す必要があった。

社会にできることは本当になかったのか、男性の元に何度も通い、話を聞かせてもらい、問い直しの作業を進めてきた。新聞記者としてだけでなく、時に社会福祉士として迫りながら、男性への自己覚知を促した。自己覚知とは、自分の内面に深く入り込み、自分自身を知る福祉の現場でよく使われる手法だ。だが、その問い直しの作業は互いに苦しく、事実の重みに悩むこともあった。一つの事実に対して、何日もかけて慎重に話を前に進めることも多々あった。被害者の思いに立ち返った時、どう感じるか。「元殺人者」のレッテルは出所した後も本当に消えないのか。伝える重みに打ちひしがれそうになったこともある。

突き詰めれば突き詰めるほど突き当たったのは、「葛藤」そのものだった。白黒はっきりつけられない、この葛藤というジレンマこそ、生きている証そのものなのではないか。葛藤を社会で共有し、更生についての足がかりをみなで探していきたい。そう思うようになった。

私は新聞記者でありながら、社会福祉士と精神保健福祉士の国家資格を取得し、社会課題を解決すべく、ソーシャルアクションを続けている。更生にゴールはなく、更生への過程そのものが事実ということであれば、その過程を社会に提示し、誰もが少しでも生きやすくなるよう、もがいてみたくなった。新聞記者として男性がたどった人生を取材し、社会に伝え、改めてみなでその男性の人生を生き直していく。時に社会福祉士としての視点を盛り込みながら、ここに一冊の著書を世に送り出させてもらった。社会にできることは本当にないのか、私なりに提示したいと感じ、男性との信頼関係を育みながら少しずつ歩みを進めた。この一冊はまさに男性との「共同作品」といった趣である。

さて、ここでページを読み進める前に、この場を借りて、恐れ多くも、この本の読み方を提示したいと思う。

この本の中には事件の詳細な描写も出てくる。特に、第１部は男性のストーリーを中心に展開していく構成になっている。相容れないと感じたり、途中で気持ちが苦しくなったりしたら、せっかく手に取っていただいたのに恐縮だが、ページをいったん閉じてもらってもいいかもしれない。

その代わり、第2部で、第1部の内容に関わるテーマごとに、現在どういった施策が行われ、どんな課題が生じているのか、福祉的な視点でそれぞれの「現在地」を探った。第2部だけ読んでいただいても、十分、現在の福祉制度や司法福祉の状況が分かる構成になっている。第2部の各テーマは、第1部の各章と連動したかたちになっているため、第1部の章を読んだら、箸休めのイメージで、第2部の関連テーマの部分を読むなどして、第1部と第2部を交互に読んでいただいてもいい。なお第1部は、臨場感を伴わせるため、名前は全て敬称を略させてもらった。

第1部から開いても、第2部から開いても、第1部と第2部を行き来しながら読んでも、その選択は当然ながら読者のみなさんにお任せしたい。福祉職の方がこの本を手に取れば支援のあり方に目が行き、法曹関係者や刑務関係者、また元受刑者や、現在服役中の方が手に取ってくださる機会があれば、別の視点を提示させていただくことにつながるだろうと考えている。

なぜ人は罪を犯し、どう更生していくのか。その問いに、人生を懸けて考え抜いた男性の物語。あれやこれやと理屈を述べたが、もしよろしければ、できる限り多くの人に、これからの一ページを開いてもらいたい、と願う。

服罪　無期懲役判決を受けたある男の記録　目次

第2部　犯罪の背景と社会復帰を考える

第1部　無期懲役判決を受けたある男の記録

プロローグ

運命

北の大地の漁師町に、ある一人の男性が暮らしていた。その男性の家の前には庭のように海が広がり、白波が岩肌に全力でぶつかっていた。ズドンッ、ズドンッと絶え間なく打ち続ける波音。そのぶつかり合いは、まるで相撲のぶつかり稽古のような鈍音を立てて絶えることなく続き、いつも男性自身の身体の深部を振動させていた。太鼓のリズムのようでもあり、雷が落ちたような直撃音でもあった。男性はそんな荒々しい波音が届く漁師町で生まれ育った。

多くの人が「波の音」と聞いて連想するのは、寄せては返す、あのヒーリング音楽のような芳醇で優しい穏やかな音かもしれない。

だが、ここでは違う。波音は、ささやき調だけでなく、時に「自然の怒り」をも彷彿とさせるような状態で、その地域に生きる人たちの耳に来る日も来る日も絶え間なく届き続けた。

男性が聞いて育ったその波音は、自身の耳に届くまで、微妙な「間」があったという。ぶつかる衝撃と、耳に届くまでの「間」だ。その「間」は、ベートーベン交響曲第五番「運命」に限りなく近い、と男性は言った。幼い頃、偶然ラジオで「運命」を聞き、「この曲は、いつも聞いている波の音のようだ」と感じたという。

もう少しかみ砕こう。

「運命」といえば、第一楽章の冒頭、「ダダダダーン」の四音からなる「運命の動機」を知らない人は恐らく少ないだろう。曲中で何度も登場する重要で印象的なモチーフだ。曲が進むごとに、短調になったり、長調になったり、出てくるたびに変化するのが魅力の一つでもあったりする世界の名曲だ。そんな誰もが知るあのフレーズ「ダダダダーン」の前に、譜面では、実は八分休符が置かれているのは演奏者でもない限り気づかない。あまり知られていない、その八分休符の間が、いかつい波音が岸壁に打ちつけ、耳に届くまでの「間」と似ているというのだ。

もし、命を殺める一瞬の「魔」があったというなら、それは、そんな「八分休符の間」に近い感覚ではなかっただろうか。計算された「魔」ではなく、あったかあらぬかわからぬような「間」だ。

「運命」とのタイトルは、ベートーベンの伝記に「このように運命は扉をたたく」と記されていたことから、そんな副題で呼ばれてきたというが、それは後世、秘書の作り話だったことがわかっている。ではあの曲が「運命」ではなかったら、どう呼ばれていたのか。「運命の動機」が曲中に幾重にも曲調を変えたバージョンで繰り返され、第四楽章では輝かしいモチーフがフォルテシモで壮大に響き渡る。

ベートーベンはこの最終章に、難聴に苦しみながらも創作に励んだ自身の苦渋を表現するように、「運命の喉首をつかんでやる。決して屈しはしない」という言葉を残したというが、この男性は自身の境遇を決して、そんな「運命」とは言わない。自身の人生について、「運命」といったそんな二文字では、とてもじゃないが割り切れないといった思いを抱えていると語る。

運命で奏でる「八分休符の間」を私自身も身体の深部で感じてみたくなった。男性に少しは近づけるかもしれない。私は、迷うことなく空港に向かった。

突然の旅人

地球が汗をかいているかのようだった。

二〇二三年の日本の夏は、記録的な猛暑に襲われ、避暑地として人気だったはずの北の大地の触れ込みも台無しのような状態だった。肌にねっとりとまとわりつく汗は、拭いては吹き出し、吹き出しては拭き、本州ならば「仕方なし」と割り切れるのだが、「ここもか……」と、少し気持ちをなえさせた。普段であれば、この時期の最高気温は二三度程度、最低気温は一五度前後。数字の通り、過ごしやすさが売りだったはずだが、今年はどういうわけか番狂わせが起きている。

大地だけではない。地球温暖化による水温上昇の影響か。普段はこの地域にいないはずのカニが大量発生し、多くの損失をあちらこちらで作り出していた。カニたちはその大きなはさみで大胆に暴れ回り、漁協では漁網が破損する被害に遭ったり、これまで主力だった魚介類たち

北の海の波の様子。ずっと見ていたくなる光景だった

が急に水揚げされなくなったり、深刻な「漁業被害」に陥っていた。

地元漁協はカニの「特別採捕許可」を自治体に申請するなど対策に躍起だった。地元の料理店では普段は高級なカニたちが安価で仕入れられてテーブルの主役として迎えられ、多くの人たちが温暖化の心配をよそに、思わぬ「珍客」を歓迎している節もあった。

この小さな街ではどんな人たちが暮らし、どう生きているのだろう。

街に降り立ち、海岸線を自転車で駆け抜けてみると、馴染みのない潮の匂いがツーンと鼻腔を通って感覚を呼び覚ましていった。そんな匂いに気を取られていると、突然そそり立つ岩肌が眼前に現れたりする。むき出しの自然に圧倒され、人間がひどく小さく無力な存在に思えてしまう。そんな当たり前だったことを気づかせてくれる自然豊かな街だった。

ふと海岸線の道路から海を見渡せば、波の白泡が陸地に向かって徒競走をするように横一線で並び立つ。そうかと思えば、その一線はふっとどこかにいなくなり、また新たな一線が後ろから走り迫ってくる。そんな永遠に抜かれない追いかけっこが絶えることなく繰り返されている。波が陸地にたどり着くと、腹の底から突き上げるような音の塊がドンッと発し、白泡がパラパラパラと拍手喝采するかのごとく波しぶきを上げて、一瞬はしゃいで消えていく。

カモメたちが海面すれすれの低空飛行を楽しんでいるのもまた愉快だった。波は誰に邪魔されることもなく、時に回転したり、時に跳ね上がったりした。その動きは海のワルツと言っていい。観客となった私は、その空中ダンスに思わず時間を忘れ、ずっと見とれていた。

「どっから来たの?」

はっと我に引き戻されたかと思うと同時に、中年の女性が近づき、「突然の旅人」の顔をのぞき込んだ。見慣れぬ顔の訪問者を不思議に思ったのだろう。女性は、漁協の事務所で働いているらしい。「この街のこと、知りたくて」。とっさにそう言うと、何だかいぶかしげな顔をして、「そういう人、あんまりおらんよ」と冷たく言って通り過ぎていった。「よそ者」に対して、決して親切ではないけれど、無視することもできない。社交的なようで慣れていない。……つかめそうでつかめない街……。初めに会った村人とのやりとりでそんな印象を持った。

間髪入れず、今度は「こんにちは~」と中学生の男子生徒数人とすれ違った。道行く人には挨拶を、と学校できつく言われているのだろうか。東京ではおおよそ見なくなった光景だった。

慌てて「こんにちは」と返すと、その一団はすでに通り過ぎていて、生徒たちのまだあどけない笑い声が後ろから風に乗って聞こえてきた。ちゃんと挨拶を返せばよかったな、とっさの行動に弱い自分を少し情けなく思った。

繁栄と退廃

小さな街は自然とともに生きる街だった。起伏に富んだ山岳・丘陵地帯が大半を占め、平地はわずかに見られるだけ。見上げれば山脈の稜線が美しく、そんな急峻な山岳地帯にへばりつくようにして、海沿いの街が作られていた。

道路脇に立っていた交通看板には右向きの矢印に「山脈」、左向きの矢印には「海」と書かれていた。山脈と海を併せ持つ街。どれだけ自然に抱かれた贅沢な暮らしなのだろうかと、それに気づいていないかのような地元の人たちの飾り気のないところも少し羨ましかった。

かつては活気もあったようだ。郷土史によると、「港は外来船の入港多く、漁獲による景気は、まさに『黄金の降る街』だった」とある。偉大な自然に抱かれつつも、港は栄え、人も集まり、絶え間ない日常の営みがあったことがうかがえる。その繁栄の主軸は、鉄道が支えていたようだ。だが、鉄道の廃線とともに、街は一気に衰退の一途をたどっていく。

人口は数万人ほどで、隆盛期の頃の半数ほどしかいない。高齢化も著しい典型的な日本の地方都市だった。かつては行政や警察、消防など公の中枢機関が集中する官公庁街だったというが、今は見る影もない。鉄道との引き替えで手に入れたような行政の街づくり関係の交付金で、分相応に道路の拡幅工事がおこなわれ、街のインフラ機能が分散。多くの住民が車で街を移動するようになったという。

この街で雑貨店を営む店主は、一度は街の外に出てサラリーマンをしたものの、家業を継ぐため故郷に戻ってきたという。「この街では車がないと、まず今は生きていけないよ。みんなが車を乗るようになって便利になった一方、失った物もある。それは人の声がしない街になったということかな」。重いつぶやきをぽつりとこぼす。街の人が立ち話をするような光景はほぼ皆無となっていったという。かつてのような賑やかさを懐かしみ、昔を羨む街になっていた。

鉄道はなぜ、廃線になったのか。表向きのきっかけは台風被害だったという。応急措置はされたものの財政難を理由にそのままフェイドアウト。事実上の廃線に追い込まれていった。

「やり方が汚いんだよね」。書店を営む別の店主は露骨に苦言を呈した。

「応急措置だけはして、何もしなかった、ずっと放置していたとは言わせない。生活の足を一気に取り上げるのではなく、徐々に電車がない生活に慣れさせて、そのまま息の根を止める。やっぱり汚いよ、そのやり口って」。説明してもらえばしてもらうほど、忘れかけていた怒りを思い出させてしまったようだった。作業の手を止めぬまま、言葉も止まらない。「最も反発を受けないかたちというかね……。でも、自然災害で被害を受けたものは復旧する義務があるわけでね。それにかこつけて必要最低限のギリギリの所まで工事しておいて、それ以上の努力は全くせずにめでたく思い通りに廃線にして、さらっと通り過ぎるのは解せない、というのが地元のおおかたの意見だよね」

道路は拡幅され、地元の人たちは、電車がなくても生きていけるような生活スタイルにいつの間にか変貌を遂げていた。反対運動を起こす気力もタイミングも巧妙に奪い取られ、あきらめざるをえないように仕向けられていく。

駅には完敗の白旗を掲げたかのように、白地の板に子どもの字で「ありがとう」との言葉が書かれた看板が掲げられたままの状態だ。その寂れ具合がまた、この街の一層の寂しさを醸し出していた。

少し歴史を振り返る。

海だけでなく、街の至る所にいる海鳥。この街の歴史をじっと見続けてきたのかもしれない

鉄道が消えた

明治五（一八七二）年、新橋―横浜間で鉄道が開通したのは有名な話だが、鉄道省（現国土交通省）が編集した『日本鐵道史』（一九一八年発刊）によると、日本で最初の鉄道はその三年前。炭鉱で石炭を運び出す輸送手段として作られた炭鉱用の鉄道だったという。北の大地の開拓に本腰を入れていた明治政府は、海外からの技術も積極的に取り入れ、炭坑から河口に向けて二キロ

余りレールを敷いたようだ。

この国で列車が最初に運んだのは、人ではなくモノだったわけだが、それから六〇年余の昭和初期、ようやくこの小さな街にもSLの汽笛が流れるようになったというわけだった。

運んだのは人々の生活そのものだった。

待望の駅舎も完成した。全面木造モルタル造りの駅舎は当時としてはかなりモダンだったようで、当時の大都市・大阪近郊の駅の構造とほぼ同じだったというのは、街の密かな自慢だったようだ。駅周辺にはまだ珍しかったボールヘッド（街灯柱）も掲げられていた。当時としては路線橋ができたのも珍しく、この地域が、どれだけ大事にされていたかが、今に伝わるようでもある。この地域の郷土史には、街の至る所で盛大な開通式がおこなわれ、旗行列や提灯行列で、街の新たなシンボルを祝った、との記述が残る。


駅は一日平均五〇〇人前後が利用し、年間に換算すると二〇万人近くが乗降するこの地域の生活の大動脈になっていた。そして、その開通から二〇年後には新型のディーゼルカーも導入されている。

シルバーカーを押した八〇代の女性とゆっくりとすれ違った。生まれてこの方、ずっとこの街で暮らしているのだそうだ。

「ディーゼルが我が物顔でこの街を走っていてね。結構うるさくもあったんだけどね」と固まった肩を無理矢理少し上下にすくめた。「廃線になったって、寂しくはないよ。静かになったしね、これでよかったのだ、って思っているよ」。この街で生きてきた者の自負のような強気な語り口だった。

当時の国鉄（日本国有鉄道）は昭和三〇年代後半になると、ローカル線の収支状況が悪化の一途をたどり、自動車産業の好調とは裏腹に、経営の危機を迎える状況になっていた。これらの対策として、赤字ローカル線の廃止や職員削減などが始まり、無人駅や民間委託が始まっていく。この路線もご多分に漏れず、合理化案に組み込まれていったということだった。

前出の書店の店主も再び力説した。「ちょっとした鉄道ファンからも一目置かれたところだったんだ。長いトンネルを出たら海が広がり、次にまた長いトンネルを出たら花畑が広がって……。トンネルを抜けたら、何か新しい世界が始まるようなワクワク感があってね、人気あったんだよね」。そして言葉を続けた。「かっこよく言えば、人の一生のような感じでもあったんだ。暗いトンネルの時期もあれば、花が満開に咲き誇るような時期もある。光のない人生はないっていうことを教えてく

今は使われなくなった、廃線の錆びたレール。取り壊されることもなく、忘れられたように、ただそこに存在していた

れているような感覚だったんだよね」

現在、そのレールが運ぶものは何もない。廃線となったままレールだけが吹きさらしになっている。

何者をも通ることのないレールの上を、白い小ぶりのチョウチョウが羽を自由にはためかせていた。もう怖いものは何もない、とでも言いたげにひらひらと飛んでいった。

そして、その傍には黄色い花を付けた反魂草《はんごんそう》がレールの周囲を取り囲んでいる。そのレールの周囲は柵に区切られることもなく、家と家のあいだをレールが這うように走る場所もある。生活圏と鉄道がこれほど近いとは、前出の八〇代の女性が言っていた「自負」も、まんざらただの強がりではなかったようにも思えてくる。

ちなみに、反魂草の花言葉は「正義」。黄色い愛らしい花に目が行きがちだが、葉の様子が魂を誘うように手招きする人の手に見えるため「反魂草」と名付けられた説もあるほど、そのダイナミックな葉の様子が黄色い花と相まって、見る者の目を引きつけていた。当時も今もレールの周辺は反魂草が咲き乱れていたという。

浜の掟

それぞれの思いを乗せて走ったレールは、取り除かれることもなく、潮風によって赤茶色に錆びついたまま、今もまだ、ただそこにあるというだけだった。レールに覆い被さるように長

アウシュヴィッツ・ビルケナウ強制収容所。
長く続く線路が、今に続く歴史の遺産を彷彿とさせていた

く伸びたイタドリの草が、錆びた線路に垂れ下がる。レールに寄りかかって離れない姿は、その痛みをともに分かち合っている姿にも見える。同時に、その姿はどうにも心許ない。

一瞬、どこかで見たことがある風景だと脳裏によぎった。そうだ……アウシュヴィッツ・ビルケナウ強制収容所だ。その残影が不思議と思い浮かんだ。ナチス・ドイツの象徴ともいわれる鉄道のレール。「死の門」につながるとも言われていたわけで、比較するのはかなり忍びないが、ただなぜか、どこか、そこはかとなく感じる寂しさと終焉とがシンクロするように重なって見えた。

違いもある。アウシュヴィッツ強制収容所は負の歴史を忘れず、人類の負の歴史として刻むために人類の遺産として

「展示」してあるわけだが、ここにあるのは、ただ置き去りにされたままのレールだ。何を感じ取り、学べばいいのか。野ざらしにされたままのレールから目が離せなかった。

少し触ってみる。指先に目を向けると、赤錆びがこびりつき、指紋をくっきりと浮き立たせた。レール周辺には、まだ使われているのか、もう使われていないのか、昆布小屋が至る所に点在していた。ミニチュアの空き家のような状態で、砂浜にぽつりぽつりと静かに立ち尽くしている。

「お姉さん、何しているのかね」

昆布漁をしている夫婦に遠くから声をかけられた。錆びたレールを見つめたり、昆布漁の作業をしげしげと眺めていたからだ。きっとかなり怪しかったのだろう。声がする方へ、作業している傍まで近づいた。「なぜ眺めていたかといえば、あんなにいい出汁が出る昆布とは一体どうやって作られているのか、気になったからだ」などとごまかした。実際本音でもあった。

女性が説明してくれた。「波が穏やかで、天気がよい日はね、あそこにある船の尾っぽに白い旗が掲げられるの。遠くにある船を指さしながら、「あの白い旗が出ていたら船を沖に出す合図。旗が出ていなければ、拾い昆布の日ということだね」。「拾い昆布」とは、海岸沿いに打ち上げられた昆布を拾うことだ。沖に出て採る昆布は栄養価も表面の傷の有無も違うということで、断然高級らしい。

二人は元々、その街の教育関係の仕事に就いていたようだが、夫婦で定年を迎え、夫の家業でもあった昆布漁を改めて始めたという。見つめるまなざしの先が、子どもたちから、「海の野菜」とも呼ばれる栄養豊富な昆布へと、変わったのだ。

昆布漁がどんな作業かというと、砂浜全体に網ネットを敷き、打ち上げられた大量の昆布を天日干ししていく。「こうやってね、お天道様と協力して作業するんだよ。その後、あの機材で均等に切っていくんだよね。そして全国へと出荷されていく」との説明が小気味よい。教育関係者だったことに改めて納得させられるほど、わかりやすく順を追って説明してくれる。

一一月に入って海がしけ出すと、昆布漁は仕事納めになる。夏のあいだだけの仕事ともいう。もちろん誰でもできるわけではなく、漁業権を許可され、地域の同意を得てからではないと、昆布漁には参戦させてもらえない。

「浜の掟っていうものはね、案外厳しいんだよ」と苦笑いする二人。そして言う。「でもやればやっただけ結果が出るのが昆布漁なのかな。ほら、あそこにいる若い夫婦だって、いつもとても熱心に仕事をしている。私たちはもう歳だから無理がきかないんだけれど、昆布漁は努力すればしただけ報われる。それは学校現場と同じだよね」

浜辺で昆布の作業をしていた漁師たち

帰りたいけど帰れない

廃線のレールがひた走り、昆布漁が今も続く、北の大地の小さな街。そこに、かつて、平凡なある一家がひっそりと暮らしていた。玄関のドアを開ければ、見渡す限りの広大な海。庭を海にしたような贅沢な生家だ。自宅の背後には丘陵地帯が広がっており、海と山に抱かれた一家でもあった。訪ねた夏の時期は過ごしやすい時期に違いないが、真逆の冬の時期は、西の風が容赦なく吹きすさぶという。

「雪って上から降ってくると思っているでしょ？　違うんだ。この地域は雪が横に降るんだ」と目の前にいる男性が静かに語る。白い綿のようなしんしんと天から地上へと舞い落ちる雪の姿を、この土地で暮らす人たちは知らないという。海風が強く、雪がゆっくりと真下に落ちることを許さないからだ。それ故に、雪が積もることも少ないというが、その代わりに身体を刺すような凍てついた風の痛みがこの地域にはある。厳しい自然環境という意味では最果ての最も過酷な土地、ということなのだ。

「故郷に帰りたいが帰れない。帰れなくしてしまったんだ、自分自身の手で。報われたいだなんて今も思ってもいない」

この言葉の主でもある男性が、ここでどう生まれ育ち、どう巣立っていかざるをえなかったのか。そして何が男性を駆り立て、どこへ向かわせたのか。そして、男性は今何を思うのか。男性が歩んだ道を振り返っていきたい。

第1章　北の大地に抱かれて

幼少の頃

漁師一家

男性の名は優《ゆう》（仮名）という。

終戦から数年後、優は北の大地に、六人兄弟の四男として生を受けた。長男と次男は戦前生まれで、三男以降は戦後生まれ。太平洋戦争によって家族の時間が強制的に止められていたかのように、一〇年の時を経て三男、そして優らが続いた。

兄弟間でも長男次男と、優らとでは年齢の開きだけでなく、時代背景からも、教育内容や生育環境などによる違いが如実に表れたと言っていい。長男と優は、二〇歳近く歳の差があり、お兄さんというより、父親と言ってもいいような存在だった。

一家がどんな暮らしをしていたのか。そのことを知る正確な資料や証言はほとんど残っていない。全てにおいて「恐らく」という表現がついて回るのだが、恐らく、ここに暮らし始めたのは祖父の代からのようだ。本州生まれの祖父が北の大地に移住し、祖母と結婚し、優の父親が生まれた。祖父は、恐らく開拓団だったと思われる。

ここからは、「恐らく」は割愛する。

そんな祖父から生を受けた父親は地元の尋常小学校を卒業した後、さまざまな仕事をしたようだ。牧畜業、漁業、現場作業員、船員、炭坑業、農業……。最終的には漁師に落ち着いた。むろん優は、父親の漁師としての姿しか知らない。父親は寡黙で、「黙ってついてこい」が口癖の、典型的な「海の男」だった。そんな「親父の背中」を優はよく覚えている。

一方で、父親のこんな一面も記憶にあった。幼い頃、家の前に広がった砂浜で優が遊んでいると、漁の作業をしていた父親は見ていないようで、いつも遠くからでも目が合った。優のことを気にかけ、見守っていてくれたのだろう。少し不器用なところもあったが、愛情深い父親だった。そのあたりは、どこか優に似ている。

優は幼い頃、兄弟の中で、最も身体が弱かった。何か大きな身体的な疾患があったわけではないが、身体も小さく、病気がちだった。小さい時はぜんそくのような咳が止まらず、突発的に熱が出たりした。体調が悪くなると、いつも咳き込んで背中を両親や兄弟に何度もさすってもらった。でも、いっこうに咳は止まらなかった。食べられる時にしっかり食べて体力をつける。自然に治していくほかなかった。

優にとって一日二四時間は長すぎる時間で、家で一人、寝ていることも多かった。兄さんたちのようにこれからは普通に学校に行ったり、みんなと同じように遊んだり、同じ量のご飯を食べたりすることができるようになるのだろうか。常に周囲から置いてきぼりにされているような感覚は、いつも幼い優を不安定にさせた。体調が悪い日は起き上がることもできず、家の天井の木目を見て過ごす。その奇妙な曲線が、優の心の中の不安な思いを暗示し、かき乱しているかのようで怖かった。

そんな生活もあってか、病弱な優は、幼いながらに「これからどう生きていくんだろう」「ぼくはどうなるんだろう」などと、未来のことを考えるような子どもになっていたという。死の淵に立つほどの病に伏せっていたということはないが、「死」を意識することも多かった。その日、何をして遊ぶか、何を食べたいかなどといった目の前のことにただただ懸命になる子どもらしさとは少し違う、「子ども哲学」なるものを持っていたかのようだった。窓の外から水平線を眺めては、ぼーっとあてもないことを考える、そんな幼少期だったという。

病弱だった優を最も支えてくれたのは母親だった。母親が作ってくれる北海道の郷土料理「三平汁」は絶品だった。今でも忘れられない。もう一度食べたい味、ナンバー1だと優は言い切る。いうならば、「お袋の味」といったところだろう。一口食べれば、身体の芯から一気に温まり、体調が整っていくような、そんな「母親の魔法」でもあった。漁師町でもあるため、魚の材料は一級品が手に入る。昆布で出汁を取り、その時々に応じてサケやニシン、タラなどを入れ、大根やにんじんなどの根菜類も投入して、ぐつぐつと煮出していく。食材から自然に出るうまみ成分が食の味わいをより一層深め、食卓に並ぶと、自然に湯気に吸い寄せられていくように家族みなの顔がほころんだ。

後述するが、父親は長く戦地から帰ってこなかった。このことが、一家の大黒柱として家を守っていかなければならないという長男の使命感を育てたのかもしれない。父親が帰還した後もしつけに厳しかった長男が父親代わりのようなところがあった。もちろん、元々の気性だったのかもしれない。どちらにしても優は、父親というより、この長男によって厳しく育てられた。箸の上げ下げはおろか、「これ食べたくない」「もう一つ欲しい」。食事中にわがままを言ったり、兄弟同士でおしゃべりしたりしようものなら長男から剛速球のげんこつが飛んでくる。その隣で父親が寡黙に厳として座っている。父親が二人いるような、そんな環境だった。

この日も食卓を囲んでいる時、優が母親に甘えようとすると、長男からは例のごとく通過儀礼のように「黙って食べろ」と怒鳴られた。そんな時は決まって、長男が見ていないすきに、母親が自分の皿から優が好きな一品を取って優の皿に静かに差し入れ、黙ってニコッと表情を崩す。そんな母親の優しさが大好きで、優の心をいつも幸せ満タンにしてくれた。母親と、病院に行くために一緒にバスに乗る時間だけが、優にとって母親を独り占めにできる時間だった。

優の家庭が珍しかったわけではない。この街の生業は、当時の戸数の半数が、一次産業の漁業か農業に従事していた。隣近所のネットワークも強く、ご近所付き合いといえば聞こえはいいが、誰がどこで何をしているのかなど到底隠しきれないような地域の密度は、否応なく濃かった。厳しい自然環境も相まってか、裕福な家庭はほとんどなく、どこの家庭も慎ましやかで、日々の暮らしを精一杯に守り、みなが生き延びようと必死だった。

優の家もたいそうな食材やお菓子は買えなかったが、家の土間にあった薪ストーブの上では、いつもトウモロコシや芋をふかし、おなかがすくと兄弟でよく分け合って食べた。おなかは自然とふくれ、食べられるだけでありがたいと感謝する。もちろん、少し飽きることもあったが、おなかは常に満たされた。

母親は、家業の漁師としての仕事を手伝いながら、家事もこなし、働き者だった。寡黙な父親や真面目な長男に任せきりであると、家庭が暗くなりがちな雰囲気になってしまうことを知ってか、いつも気丈に明るく、率先して「太陽」の役回りを担った。そのため、どうしても母親が忙しくて手が離せない時は、兄弟でカレーライスを作って喜ばせることもあった。じゃがいもやにんじんを煮込みながら、母親のうれしそうな顔を思い浮かべるだけで、優は鼻歌だって歌いたくなった。コトコト、コトコト……。野菜がうれしそうに熱さに音を立てて鍋にぶつかる様子は、今思い返しても「幸せ」だったと思える瞬間だ。優の心の中の最も中心にいる、それが太陽のような母親だった。

母の出自と差別

そんな優の母親は、アイヌ民族出身だ。アイヌ民族とは、北は樺太《からふと》から千島《ちしま》列島、北海道、本州北部にまたがる地域に暮らしていた日本の先住民族だ。元来は狩猟採集民族で、文字を持たず、物々交換による交易をする一方、織物や服装に独特の文様を入れるなど独自の文化がある。

母の両親、つまり優にとっては母方の祖父母はともにアイヌ民族で、母親はその家庭の次女として生まれた。母親の生家はアイヌ民族のコタン（集落）の中心的な存在で、地域から頼りにされていたようだ。

ただ、母親自身はアイヌ語が全く話せなかったようで、優も母親からアイヌ語を聞いたことは一度もなかった。服装も和人《わじん》（アイヌ民族側から見て、アイヌ民族ではない日本人を指す呼び名）そのもので、正装が必要な時は、和装を着て出かけた。アイヌ料理なども食卓に並んだことは記憶になく、母親の得意料理で、低温発酵でつくる北の大地の伝統的な冬の保存食「鮭の飯寿司《いずし》」なども全て和人の味付けだった。

優の母親が特別だったわけではない。和人として振る舞わなければ生きていけなかったアイヌ民族がそこにいた。その「負の歴史」と切り離して考えることはできない。アイヌ民族は明治政府の同化政策で、自分たちの文化や風習を封印させられることで、土地が与えられ、仕事ができ、ようやく生活をすることができたからだ。

一方で、どれだけ同化しても、アイヌ民族は豊潤ではない荒れた土地しか持つことが許されず、職業でも結婚でも差別を受け続けた。そんな屈辱的な歴史が当たり前のように優の街にも横たわっていた。同化政策の名残のため、優の母親を含めた多くのアイヌ民族が自分たちの言葉を話せず、文化を意図的に享受できなかった。色濃く残る明治政府の開拓使の負の遺産の中で、優の暮らした街はどこか鬱々とした影を持つ、そんな地域でもあった。

しかし、全てなくしたわけではなかった。幼少期の優のおぼろげな記憶ではあるが、母方の実家に行った時は、アイヌ文化だとわかる文様の服装を身にまとう人が大勢いた。アイヌ語を話し、中には祖母のように口元に入れ墨を入れている女性もいた。母方の祖父は、日頃は漁業や農業に従事し、時には神事のような仕事もし、アイヌ集落の中でもリーダー的存在だった。そんな家庭に生まれた母親は多くの人に見守られ、明るく育った。太陽のような気質はそんな家庭環境からも自然と育まれたのだろうと想像できる。

だが、この地域は元々アイヌ民族が多い地域。優のような家族形態の家庭は珍しくなかった。例えば小学校のクラスでも、三〇人学級の中で、一～二割ほど、もしかしたら、もっと多かったかもしれないが、アイヌ民族出身者は少なくない存在だった。逆に、アイヌ民族と全く関わりがない家庭の方がむしろ少なく、マジョリティ（多数派）とマイノリティ（少数派）の境界線はおぼろげで、マイノリティと言っても少数派の存在とは言えないほど多くいた。

「数」としてはひけを取らなかったアイヌ民族だが、社会構造上、アイヌ民族を理由にいじめられることは多く、いざこざは絶えなかった。優は四六時中いじめられていたということはないが、それでも一度だけ、差別的なことを和人の友人から言われたことは未だによく覚えている。小学生の時だ。和人の友人と当時流行したメンコを使ったゲームを楽しんでいた。優が勝ち抜けしそうになった瞬間、友人からこんな言葉が自然と放たれた。

「アイヌのくせに！」

聞き捨てならない一言だった。和人の家庭で大人たちは、「あそこの家はアイヌだから」「アイヌはやっぱり……」などと噂しているのだろう。大人たちが日頃話している言葉が子どもの口に乗り移って、当たり前のようにすっと出てきたような、そんな成り行きだった。アイヌ民族への差別が根強く残る中で、「アイヌ民族と、私たち和人は違う」という明確に線引きしたい社会の意識が、アイヌ民族への蔑視として広がっていった。そんな自然なかたちで表に出た言葉だったからこそ、優は尋常でなく憤った。

「もう一回言ってみろ!」

相手は何も言い返さず、そこで終わったのだが、思いがけずに言われた言葉であり、今も忘れることのできない出来事として優の記憶に刻まれている。アイヌ民族の家に生まれたが故に背負う悔しさを、優も体験してしまった瞬間だった。

後日談もある。ただ、その一件に、最も憤ったのは、実は優の父親だったという。「なぜそんなことを言うんだ、どこのどいつだ」。普段は無口な父親が、そういった差別的な発言には烈火のごとく怒った。差別問題に父親はとても厳しかったのだ。アイヌ民族ということだけで後ろ指をさされる。そんな差別的視点は受け入れがたかったし、アイヌ民族出身の母親を守ることが自身の役目だとも思っている節があった。

とはいっても、優が生まれたのは戦争の傷跡からなんとか回復の足がかりを見つけ、さあこれからといった勢いのある時代。新憲法も根付き始め、経済成長を遂げようと波に乗ろうとしていた。「もはや戦後ではない」という流行語が生まれるほど、明るい時代の幕開けにさしかかっていた。

小学時代に抱いた喪失感

テレビのカラー放送が始まった頃、優も地元の小学校に就学した。むろん、優の家にカラーテレビがやってくるのはもっともっと後の話。優はどんな小学生時代を過ごしたのか。

小学校低学年時代は、とにかく自身の身体を鍛える時間だった。身体が小さく体調もすぐに崩してしまうような状態の中で、険しい山道が約四キロも続く登下校は、優にはかなりの試練だった。海の音を聞きながら自然の風を感じながら……と言えば爛漫な感じはするが、そこは北限の地。冬の時期は猛烈な風が吹きすさぶこともあった。ズドンズドンと岩肌にたたきつける波の音は、小学生にとって決して心安らかなものではなかったはずだ。風雨に耐える、まるで修行僧のような面持ちで学校に通う日もあった。

つらい記憶だけではない。登下校時はいつも近所の子どもたちとともに集団での登下校だった。優の地域は四、五人の児童がいて、その子たちと一緒に歩いて学校に向かった。周辺に咲いている花を眺めたり、学校で人気の先生の話をしたり。一人だけ、「疲れた」「寒い」などと、だだをこねるわけにもいかず、みんなで通学するうちに、その道のりにも次第に慣れていった。

このまま人並みに体力をつけて……となればいいのだが、就学してからも、優の虚弱体質が劇的に変わったかというとそうでもなかった。相変わらず身体が弱く、風邪をこじらせて肺炎になったり、健康体そのものといったところからは縁遠かったりした。

また、優はアレルギー性の持病があり、よく頭部に湿疹ができ、包帯を巻いて通学することがあった。子どもたちは、自分が経験していない「違い」を面白がったり、からかうことも多い。アイヌ民族ということよりも、優にとってはむしろ、そういった外見的な湿疹で「ガンベ」と言われて、仲間外れにされることの方が多く、つらい経験を伴った。ガンベとは北海道の方言で、湿疹やかさぶた、にきびのようなものを指す。

「ガンベが来たぞ」「ガンベがうつるぞ」。戯《ざ》れ言《ごと》、挑発、からかいではあるとわかっていても、その時感じた悔しさはインクが水中にしみ出たように後々にじんわりと影響を与えていく。いじめで感じた言いようのないつらさは、優の心身の成長過程に大きな重い鉛のようなネガティブな「種」を埋め込んでいったのは間違いない。

そんな優が学校に通い続けられたのはなぜなのか。それは単純に勉強が大好きだったからだ。特に算数は得意だった。学年トップとはいかないまでも、成績は常に上位で、優自身も自慢だった。

兄弟が多くいる上、手狭な自宅に、優だけ特別に個室が与えられることは夢のまた夢。勉強できる空間は自身で作った。父親たちは朝早くから漁に出て、優が学校から帰ってくる夕方頃には、居間でごろごろとしながら身体を休めているのが常。勉強するには、自分で勉強できる空間を作り出すしかなく、優は天井にかけ算の表を張り付けて勉強していたという。父親がお酒を飲んで優に管を巻いてきても、さっとかわして自分の時間を手に入れる。多兄弟な上、手狭な自宅の中で、要領よく生き抜く術《すべ》だったという。電気スタンドはおろか、勉強机さえなかったけれど、勉強している時だけは、将来の不安からも解放された。

こうやって自分を認めることができていけばよかったのだが、それも小学校四年生になってくると雲行きが怪しくなった。家業の漁の手伝いをしなければならなくなったからだ。優の父親は三トンの船を持っていて、沖に出て漁業をすることもあった。しかし、生活はいっこうに楽にならず苦しいまま。働き手は何歳であっても何人いても足りなくなかった。小学生の優でさえ、大切な即戦力だった。

そういった家業の手伝いは学年が上がるごとに比重が増え、のちのちに優を困らせ、人生を変える要因の一つになっていく。その片鱗がこの頃から出始めていたということはいえる。

小学校五、六年生にもなると、さらにあてにされていった。家業の手伝いをしてから学校に行ったり、学校から帰ったらすぐに手伝いをしなければならなかったりして、授業の復習の時間はおろか、自分の時間はどんどん削り取られていく。次第に授業についていけなくなっていった。

優の表情も暗く、目の輝きは次第に失われていく。自分にとって大好きだったものがそうではなくなっていく寂しさや喪失感は誰だってつらい。それが自分の能力ではなく、自分が置かれた環境のせいだったら、なおさらだろう。

五、六年生になると小学校の通知表では、「学習にむらがある」「遅刻休みが多い」と指摘されるようになった。これらは頭部湿疹の治療のための通院もあるが、家業の手伝いをしなければならなかったことが、欠席日数の多さに反映されていると推測できる。遅刻や欠席の数は、一～四年は年間一桁台だったのに、五年生では年間一五日、六年生では二〇日と、学年が上がるごとにどんどん増えていった。

生活の余裕のなさは、やがて至る所でいざこざを起こすことにつながり、不協和音を生んでいく。そのひずみの始まりが、優がまだ小学生だった頃にあったことがわかる。

胸に残る夕焼け

恋の季節

多感な時期だ。民族差別やいじめに苦しんだことばかりではなかった。

中学に進学し、心身ともに成長してくると、少しずつではあるが、悩みの種だった頭部湿疹も治ってきた。身体が成長し、免疫力も自然と身についていったのかもしれない。依然として家業の漁師の仕事を手伝わなければならず、授業についていこうと懸命に追いすがった。そもそも勉強できる環境ではなかったのだが、それなりに月日は過ぎていった。

そんな優だが、女子生徒からの人気は高かったようだ。当時、女子生徒に混じって下校することも多々あったという。活発な男子生徒といるより、なぜか女子生徒と一緒にいた方が、会話が楽で弾んだという。クラスの誰もが振り向くトップクラスの人気者だったというわけではなかったが、さりげない優しさやどんな時でも話を聞いてくれる姿勢から、女子生徒の中で密かに優の評価は高かったらしい。多感な時期に、優が特段のコミュニケーション力が高かったのかはわからないが、六人の男兄弟ばかりの中で、女子生徒との会話は優にとっても家庭とは全く違った空間であることを意識できる時間だったのかもしれない。

そんな中で、優も、人知れず恋をした。当時はよくわからなかったが、たぶんそれは「初恋」というものだったのだと今は理解している。同じクラスで頭のいい女性で、あこがれの存在だった。別に誰かに打ち明けることもなかった。

今のようにはっきりお互いの気持ちを意思表明する時代ではない。思いを伝え合って、「付き合う」などというある種の「契約」を結ぶという発想自体、当時は思いも及ばない。中学時代の恋愛といえば、得てしてそういうことだった。その人のことを考えると、優しい気持ちになる。そんな柔らかいもので、それでよかった。優の「初恋」もそんな淡くおぼろげなものだった。

ただ、一度だけ他人に自分の胸の内を、意図せずも知られてしまったことがあった。優らしいエピソードのため共有したい。

優はある時、席替えで、一人の女子生徒の隣の席になった。極めて真面目そうで、脇目も振らずまっすぐに黒板を見ているような優等生。ある日、その子のノートに目を落とすと、そこは真っ白な世界が広がっていた。白紙ということだ。そのことに気づいた優が、「なぜノートに何も書かないのか？」と聞くと、その女子生徒は恥ずかしそうに、ひどく目が悪くなったことを優に打ち明けた。先生に黒板が見えないことを申告すれば、一番前の席に替わることになる。ただ、本当にその理由だけだったのか、その女子生徒は「今の席のままがいい」と言う。

目が悪く、周囲が見えづらいということは、生活していく上で結構やっかいなことだ。五感のうちでも視覚は、日常生活の中で特に重要な位置を占めている。視力が悪くなったとすれば、さぞや不便だろう。優はそう考え、ある提案をした。

それは、優が黒板に書かれた文字をせっせとノートに写し、そのノートを女子生徒に見せてあげる、ということだった。その女子生徒は当然、何度も感謝し、喜んだ。しきりにお礼を言って頭を下げる姿に、優は「気にするな」と言ったが、優自身は当然、黒板に書かれた内容を深く理解することなく、必死にノートに記録するため、授業にはますますついていけなくなった、という落ちもある……。その女子生徒とは少しずつ心の距離が縮まっていった。そしていろいろ話すうちに、次第に心を許すようになった。

ある時のことだ。優は片思いしていた女子生徒の似顔絵をさりげなく、そのノートに描いたという。目が悪いその女子生徒の似顔絵ではない。

「これ、○○さんのことを描いてみたんだけど、似ていると思わない?」

さりげなく言ったつもりの優。だが、やはり女性の勘は鋭いと言っていいのか、優がわかりやすいだけなのか。

「○○さんのことが好きなんだね」と女子生徒。

優はまずいと思って「なんでそうなるの?」と全否定してみせたが、なんとも思っていない女性の似顔絵を、わざわざ描きはしない。誰がどう見ても、好意を持っていることがバレバレだったのだろう。とりつくろう優だが、そんな正直なエピソードもまた、優の持ち味につながっていったのだろう。目の悪いその女子生徒がかたくなに席を替えなかったことからも、実は優にほのかに恋心があったのではないかと思わなくもないが、話がズレてしまったため元に戻す。

消えたいと思う日々

優の生活はというと、相変わらず苦しく、貧乏暇なしの状態は全く変わっていなかった。むしろ、小学生時代よりも両親から頼られる回数は多くなり、学校に行っている時間以外で家業に従事させられる時間はどんどん長くなっていった。

常に睡眠不足がつきまとった。朝は夜明け前の午前三時起き。実家の船で父親らとともに漁に出かけ、みなが登校する時間に港に戻る。豊漁だと港に戻れず、登校時間に間に合わないこともあった。本来ならそこから学校に行くのには相当な体力と気力が必要だ。エネルギー一〇〇%の状態で学校に向かう生徒と違って、エネルギーの大半を失った状態で学校に行くわけだからだ。優は体力的にも精神的にもギリギリの状態だったが、めげなかった。中学一年の時は一四日欠席、中学二年の時は二〇日間欠席した。遅刻の数も多く、中学二年で四二回、中学三年で三一回……。週に一度は、遅刻か欠席を繰り返していたことになる。

やる気がないわけではないが、昼近くにへとへとの状態で登校する姿は、けだるさそのものだった。登校することで精一杯で、登校すればそのまま睡魔が襲って、机に突っ伏して寝てしまう。当時の成績表には、「復習が足りない」「意欲に乏しい」などと書かれている。

本当は勉強が大好きだった。当然部活動などにも入ることができず、授業が終わると一目散に家に帰り、仮眠を取ったりそのますぐに寝たりして、また夜明け前に海に繰り出す。そんな日常が続いたが、長期にわたって学校を休み続けることだけはしなかった。

ただ、いつも「自分のために生きていない」感覚があった。家のため、家計のため、そんな自己犠牲の感覚がどうしても消えなかった。くるくると丸い円盤の中をハムスターが駆け続けるような、走っても走っても状況は変わらない、そんなむなしさに近い感覚があった。

極度な疲労感はポジティブな思考を奪っていく。頑張り続ける優の中で、ある一つの「種」が心に芽生え始めていた。それは「消えてしまいたい」という自殺念慮（死にたいと思ったり、自殺することに思いを巡らす状況）の「種」だった。

優はこの時にそう感じた心情を「自然環境」と「物理的環境」という言葉を使って説明する。「自然環境」とは、北の大地の果てという土地柄だ。耳から離れない絶え間ない北限の海の音は、優の気持ちを落ち着かせることがなかった。希望が持てない曇天のような心持ちがあった。「物理的環境」とは、家庭環境を指す。頭部疾患のことでいじめられたり冷やかされたりもしたがそういった個人的なことだけではなく、自身の母親がアイヌ民族だという現実や、働けど働けど楽にならない貧困といった現実も、その思いにさらに拍車をかけた。

そういったことが積み重なって、「消えたい」と思うことも多かったという。

「消えたい」「死にたい」といった心の淀みに近いものは、大人になっていく過程で、誰にでも大なり小なりある。生きていく上で折り合いをつけて自然消化しなければ、この種の「種」を持ち続けることはやっかいだ。一度根を張ると、なかなか消えず、むしろ消えないことを前提に、ただ花を咲かせないことに終始せざるをえなくなる。一生付き合っていくという意味でもある。

優の心に降り立ったその小さな種は残念ながら消えることはなく、心に沈殿していくことになった。中学二年の時には、ある女性が書いた自殺の記録を読んで、その影響を受け、カトリックの本を読み漁ったりしたこともあったという。何かの拍子に心の波がざわめくと、沈殿していたはずの「淀み」という「種」が、ふわっと浮き上がり、心にぐるぐると充満し始める。

そんな不安定さもあった中で、優に突然環境の変化が訪れる。

忘れられない夕日

新設されていた中学校に転校することが決まったのだ。同じ町内にある中学校のため、今生の別れになるわけではないけれど、これまでのクラスメートとは同じ空間にはいられなくなる。同じ学校で卒業証書をもらうこともできない。仕方がないとはいえ、こんな小さな街の中で、まさかの転校だった。

隣の中学校だ、と言い聞かせてはみるものの、やはり憂鬱だった。優だけが、家の立地場所の関係で、小学校の時の同級生とは異なる中学校に通っていたため、小学校からの同級生がいる中学校へ戻るだけなのだが、これまでの二年間で、優の居場所はそれなりにできていた。もう一度、人間関係を作り直すことはそれなりの労力がいる。あと一年、このままこの中学校でいいのに……そんなことも思った。

そんな優の気持ちの変化を感じ取ったのか。中学校の担任の先生が粋な計らいをしてくれた。学生時代で最も思い出に残っていることだと優は言う。もちろんいい思い出として、だ。

中学二年の学級は五人程度でグループ分けされており、給食を食べたり、何か相談して発表したりする時など、いつもその五人との共同作業だった。

先生はある日、優たちがいたそのグループに「送別会をしてきていいよ」と特別に許可を出してくれた。自習時間に学校を抜け出すことを公然と許してくれたということだ。なんとお菓子まで持たせてくれたのだから破格だ。イレギュラーではあるが、離ればなれになる優たちには、とびっきりの思い出を作ってほしい、という教師としての思いが働いたのだろう。

優たちは、送別会の場所を、砂浜と決めた。砂浜には大きな流木も流れ着く。そういった自然のベンチだってあるからだ。五人でその自然ベンチに優を囲むように座り、送別会が始まった。先生にもらったお菓子を食べながら、これまでの思い出を語り合う。

「優はもてたよね」

「えっ。全くわからなかった。誰が俺のことを好きだと言っているの?」

「本当に気づいていないの?」

そんな中学生っぽい会話もした。

「優の家は漁師で大変だけど、学校にいつもしっかり通ってきていて、尊敬していたよ。すごいよ」

「すごくとも何ともないよ」

確かそんなような会話もあったと思う。

優のこれまでをみなでねぎらいつつ、あれやこれやと思い出を語り合った。砂浜にはみなで

中学時代にみなで見たのと同じ夕日が見える

走り回った足跡がくっきり残っていた。その足跡を見ると、何だか一人じゃないと思えて、そこはかとなく気持ちが和らいだ。何でも話せる安心できる仲間が実は近くにいたということに気づいた瞬間でもあった。いつもは煩わしい絶え間ない波の音がこんなにも心地よく感じられる。こんな穏やかな気持ちになれたのは、一体いつ以来だったろう。

一時間か二時間か。たったそれぐらいの時間だったはずだが、午後の授業を抜け出すことを認められた送別会は、あっという間に時間が過ぎた。日が落ち始め、水平線に夕日が届き始める。黄金の道が海面に輝き、まるでこれから優が歩んでいく未来を照らしてくれているような感じにさえ見えた。

「わあ、きれいだね」

「本当だ。夕日ってこんなにきれいだったんだね」

みなで沈みゆく夕日を見送った。その心には何の偽りもない美しさが純粋に宿った。優は、この夕日の面影を今も忘れたことはないと言う。今後起こりうる難局も、いつもこの夕日がかすかな希望として優の心を優しく温かく照らしてくれていた。忘れるはずがなかった。

その後、優は中学三年の時に、隣の中学校に転校。勉強に落ちこぼれそうになりながらも無事卒業した。そして、優はそのまま地元の定時制高校に進学した。「新しいことを学ぶことは好きだったから」。六人兄弟のうちで、高校に進学したのは唯一、優だけだった。

定時制高校進学後も生活は相変わらず夜明け前の起床だった。昼近くに漁から帰り、その後仮眠を取る。そして、夕方から定時制高校の教室に向かった。深く眠る生活は相変わらず与えられなかったが、なんとか卒業はしたいと考えていた。昼夜逆転の生活ではあったが、勉強を続けられることで充実はしていたと思う。

昆布漁に専念する日常の始まり

高校一年、二年と順調に時が流れ、高校三年に進学した。だが、この頃、優の一家に大問題がわき起こった。

三人の兄たちが相次いで家を出ていってしまったことだった。父親との折り合いが悪かったりしたためだ。その環境の変化のあおりを最も受けたのが、優だった。「俺は四男だぞ……なんで俺が……」と思っても、物理的に三人の兄たちはすでに家にいない。両親が頼るのは優しかおらず、頼るというよりは、優にしがみついた。

優の父親は戦争の影響で、足の指が凍傷にかかり、その影響で何度も手術したものの、うまく歩けない身体になっていた。当時の障害者等級は五級。心労もたたり、無理ができない身体になっていた。漁に出るには体力的にはすでに限界で、これ以上身体に負担はかけられず昆布の選別など軽作業に回らざるをえなかった。そんな父親と大好きな母親を優も見捨てるわけにはいかなかった。

そして運の悪いことに、持っていた船の老朽化も進み、続けるのであれば船を買い替えなければならなくなった。もちろん莫大なお金がかかる。さらに、この地域の漁業の将来性は決して明るくはなく、このまま続けていいのか、続けていくべきなのか、優たちを悩ませた。

結局、家族で話し合った結果、優たちは漁から手を引くことにした。船を売って、昆布取りに専念するよう家業を転換した。だが、昆布漁は人手もかかり、優が定時制高校に通っている時間帯も働くことが必要になる。高校の授業料も優の一家にとっては重荷で、優は、そんな家庭的な事情もあって、自ら進んだ高校を中退した。

「悔しかった。なんで俺だけがこんなに家族の苦労を背負わなければならないのか」って。沈んでいたはずの心の淀みが乱された。優はむしゃくしゃした思いを振り払おうと、友人と遊んでいた時、もうどうなってもいいとの思いで、しけの海に飛び込もうとしたこともあった。この時は友人に止められて事なきを得たが、事件につながる自暴自棄の伏線もこの頃からあったのかもしれない。

優は社会への不満、社会に対する不公平感をはっきりと持つようになっていった。「この社会は平等ではない」。そんなことを強烈に思うようになった。兄弟間の中でも、いつも自分だけが貧乏くじを引かされているような気持ちになり、それは社会を見渡してもそうだと、言い切るようになっていった。うまくかわして乗り切る人はいるのに、かわせない人もいる。

優の青春時代はそんなまどろみの中で、あっけなく終えていった。あんなに学ぶことを乞うていたが、教科書ももはやなく、ノートや鉛筆を勉強のために握ることもない。北限の地で両親を支えながら、ただ日々を働く。そんな日常が始まっていった。

第2章　被害者家族

放った言葉

父は生きているのか？

優にとって「家族」とは実に不確かで、信じがたいものだった。自分の苦しい時に「止まり木」のようにただそこに居てくれる、もうそんな存在ではなくなっていた。

優の家族は、戦前と戦後で、その意味合いを大きく異にする。六人兄弟のうち長男と次男は戦前生まれだが、三男以降は戦後に生を受けたことは前述した通りだ。次男と三男のあいだには太平洋戦争があり、そこに、一〇年ほどの歳月の開きがあった。

一〇年──。その間に家族に何があったのか。この北の大地の小さな街にも、歴史に翻弄された家族の姿があったということは、改めてここで記述しておかなければならない。

優の父親は太平洋戦争中の一切のことを語らなかった。口数が少ないのは「海の男」だからといえば格好がつくが、そうではなく、言い尽くせぬ屈辱と苦闘があったのだと推察できる。

ひとたび思い出せば、膝から前のめりで倒れ、そのまま起き上がってこられないように全てが崩れさっていくかのように思えたからだ。どこに出征したのか、どこに抑留されていたのか。決して語ろうとはしなかった。

ただ、父親が堅く口を閉ざしていたとしても所属した部隊名を調べることで、少しはその軌跡をたどることができる。国が保管する軍歴証明書の記録の写しを頼りに、所属部隊を突き止めるというやり方だ。その方法で調べてみると、父親は母親と出会う前の昭和初期、旭川にあった陸軍の部隊に所属していたことがあったようだが、母親との結婚を機に退役。これまで記してきた通り、漁師として生きてきていた。だが、再び応召されたことになる。

太平洋戦争開戦の半年前、一九四一年六月のことだ。長男は八歳、次男は三歳の頃だ。長男と次男を抱え、母親はさぞ不安な日々を送っていたことだったろう。長男が、優ら弟たちにやたらと厳しい態度を強いてきていたのは、自身が最も甘えたい年代の頃に、そうさせてもらえなかったことも影響しているのかもしれない。

東京の防衛省のシンクタンク、防衛研究所戦史研究センター史料室で、部隊がどんな経歴をたどったかを調べた。すると、開戦後から三年ほど、優の父親は主に樺太の国境地帯を警備していたと思われる。とはいっても、日本軍は、米軍との戦いに備えてアリューシャン方面に戦力を固めていたため、樺太には戦車も戦闘部隊もほとんど配備されていなかった。戦争末期にはソ連が樺太を南下し、民間人も含めた数千人の戦死者を出すわけだが、父親はその頃には札幌の部隊に転籍していたとみられる。それは、後々に自身の身体の障害者認定に結びつく凍傷を患ったからだった。

凍傷の古傷は生涯父親を苦しめたが、逆にその凍傷が命を救ってくれていたのかもしれない、とも言い換えられる。もしそのまま樺太警備に従事していれば、命を失っていたかもしれず、優はこの世に生まれてこなかったことになるからだ。戦争とはそういった一瞬一瞬の紙一重で決まっていく。運とか縁とか、そういった確たるもののない中で、命が軽く扱われていく。それが戦争ということなのだとつくづく痛感する。

優の父親は札幌の部隊にいたとはいえ、終戦後、なかなか自宅に戻る許可が出なかった、とみられる。樺太で壊滅的な被害を受けた中で、ソ連との関係からか、軍歴証明書だけでは詳細は不明だが、とにかく自宅にすぐには帰れなかった。

最も気をもんだのは優の母親だったはずだ。周囲を見渡せば、次々に夫の帰還がかなっていく中で、自身の夫は待てども、待てども帰ってこなかった。北の大地の荒々しい波の音が母親をますます追い詰めた。手紙はほとんど来なかったようだ。樺太に行っていたとも知れず、どこかで命を落としてしまったのではないか。そんな不安が消えることは一度たりともなかった。長男と次男を抱え、万が一にも、一人親（シングルマザー）となったアイヌ民族の女性が、どう生きながらえればいいというのか。誰も教えてはくれなかった。あと少し待つか、もう少し待つか、死ぬまで待てるか。

遺骨が帰らぬ、という話も当時、珍しくはなかった。父親が生きているのか亡くなっているのか、戦死公報さえ届かぬまま、新たな家庭を築いていく、築かざるをえなかった家族は少なくない。母親も、社会から取り残されたようにむなしさだけが心に降り積もった。一九四五年の冬が過ぎ、一九四六年の冬が過ぎ、四七年の冬が過ぎ、四八年の冬を迎えた。

兄の思い出

そんな時だった。人知れず、母親を支えようという男性が現れたと聞いている。大恋愛の末というわけではない。頼っていいと思える男性が、目の前に現れたということだった。戦後を生きていくために、という思いも多分にあっただろう。夫は亡くなったんだ……。言い聞かせるように、思いをふりほどくように新たな家族になろうとした。そうするしか生きていけなかった。「新しい戦後」を始める。そう歩もうとした矢先だった。

海沿いの平屋の小さな家の引き戸が勢いよく開いた。

「帰った、帰ったぞ」。一心不乱に妻と二人の息子たちが駆け寄ってくる、父親はそう信じて疑わなかったはずだろう。やっと我が家に帰ってきた。命あって戻ってこられた。やっと戦争を終えられる。今か、今かと家族は待ってくれている、そう信じていた。

だが、そこに待っていたのはこわばった表情を見せた妻の姿だった。まるで幽霊でも見ているかのような混乱のまなざしを見逃さなかった。

一度は戦後をともに生きようと思った男性と、母親がどう別れたのか、父親がその現実をどう受け止めたのかは、知るよしもない。意図的かどうかはわからないまま母親とその男性は引きはがされ、あるべき場所に、あるべき家族に戻った。父親と母親はきっと無理矢理にでも前を向いただろう。思いをふりほどくように、とにかく走り始めた戦後の家族が、北の大地のこの小さな街にもあったことは間違いない。命あったものの、戦争によって大きくその運命が揺り動かされ、傷つきもしたということだった。

日本の民主主義だってそうだった。ある日を境に、昨日までと真逆の思想を教えられ、半信半疑のまま、敗戦国としてとにかく前を向いて走り始める。疑問も疑念も晴らせぬまま、ただただ無心で走った。それがこの国と、優の家族の戦後の始まりでもあった。

そんな矢先に生まれたのが、三男・武（仮名）だった。優の人生に大きな影響を与える一つ上の兄だ。だから両親にとって、武は、もう一度家族としてやり直す、家族の「再生の証」としての命だった。大切に、大切に育てられたのはもちろんのこと、両親が武を溺愛したのは言うまでもない。

そして、その四年後に生を受けたのが、優だった。家族にとって武と優は、新たな生活を始める旗印でもあった。戦前に生まれた長男と次男は、そういった意味で、全く意味合いを異にする。

家族は懸命だった。戦争によって一度は割れてしまった湯飲み茶碗のような家庭だったが、修復に修復を重ねて生きてきた。どれだけ修復しても、水は漏れ続けていたであろうが、その傷を見て見ぬふりをして、生涯その湯飲み茶碗をもう手離すことはなかった。

「普通の家族だって思ってきたけれど、今思えば、かなり無理をして手をつなぎ続けた家庭環境だったのかもしれない」。優はそう振り返る。

武はどんな人物だったのか。武は優に比べて身長もそれほど高くなく、体型は少しふくよかだった。勉強も、優に比べてもほとんどできなかった。だからといって、「勉強しなさい」などと両親から責められることもなく、何の我慢も何の努力もせず、そのまますくすくと育ったのが武だった。

一方で、武は愛嬌のある兄でもあった。人なつっこく、友だちもなぜか多い。多くの人から愛される人のよい性格の持ち主に成長していった。どちらかというと、病気がちで内向的にならざるをえなかった優とは性格も真逆に近かった。

当時はプロレスが全盛期。優の家でもお決まりといったように、プロレスごっこをして育ったことは今ではよい思い出だ。武が、優に4の字固めを仕掛ける。家が広いわけではないため、障害物が至る所にある。ただ、武は病弱だった優にどこか手加減してくれているような節もあり、優にとってはいい兄貴でもあった。少々勉強ができなくても、多くの人に囲まれて、武が元気に明るく育ってくれればいい。両親のそんな願いがにじみ出ていた。

人はこの世に、何も持たずに泣きながら生まれてくる。その子その子に備わった、持って生まれた能力と、その子その子に偶然与えられた生活環境とが掛け合わさって、その後の人間形成がなされていく。あんなに泣いていた子が、笑うようになる。子育てとはそのプロセスを一番間近で見守る過程なのだろう。武も優もそんな風に両親から見守られ、育ってきたのだった。

星の輝きが恨めしい

ただ大人になると、そうとも言っていられなくなった。

武はことごとく仕事ができなかったからだ。小さな街に、そんなに多くの仕事があるわけではない。ほとんどが顔なじみの中で生活しているため、一度、「仕事ができない」とレッテルを貼られると、それを払拭するのは至難の業だった。武は、父親のツテをたどって漁協などを訪ねたが、どこに行っても、「武は使えない、武は仕事ができない」。地域社会から突き付けられた落第点は田舎の街では早々には打ち消せない。行き場はなかった。どうしようもなかった。

武は大丈夫だろうかと、周囲は心配したが、武はあまり気に留めていない様子でもあった。明るい性格がそうさせていたのかもしれない。そしてまた、そんな武を両親はやはり叱ることをしなかった。

一方で今思えば、武は悩んでいたのかもしれないと、優は今さらながらそう思っている。何をやってもうまくいかない自分に、誰も何も言ってさえくれない。そんな自分を、自分自身が最も憂いていたのかもしれない。

優は今になって、武の「生きづらさ」を思う。明るくしていたのは、困っていたことの裏返しだったのではないか。苦しいと言えないSOSだったのではないかとさえ思えてくる。知的障害ではないが、そのグレーゾーンでもある「境界知能」だったということも考えられる。生活していくには人より少し支援が必要になるという状態を表す。どこからが障害として社会が認め、どこからが障害ではないとするのか。そして誰が線引きするのか。その狭間に陥ったものの存在の一つが「境界知能」。この時代に、そういったグレーゾーンの人が自分に合った仕事につけるよう支援する福祉的な社会資源を生かす術はまだない。

そんな武がある日突然、家を出ていったのは、武が一八歳の時だった、と優は記憶している。東京に出稼ぎに行ったのだ。「出稼ぎ」といえば聞こえはいいが、東京のどこでどう生きていたのか家族は全く知らなかった。実家に給与を入れたことも一度もなく、ほとんど音信不通。地域にいられなくなり、自分のことを全く知らない土地に出ていったのだと推察できた。

そして、そのあおりを真っ正面から最大限受けたのが、優だった。当時中学生。前述の通り、勉強できる環境からはずいぶん遠ざかることになる。だから、優はいつもどこかで武や家族を恨んでいた。長男と次男は両親と折り合いが悪く早々に家を出て、武も上京してしまった。なぜ自分だけがこんなに実家の「犠牲」にならなければならないのか。夜中に起き、船で大海原に向かうたびに、海の広さとは裏腹に、心はどんどん狭くなった。輝く北斗七星を何度恨み、何度その輝きを恨めしいと思ったか。

なぜ兄たちは自由を手にし、俺だけが漆黒の海で、家族の食い扶持を養わなければならないのか。「俺は一生、この北の大地に縛り付けられて、この海とともに生きていかなければならないのか」。憂鬱だった。

当時は自分の人生が自分の意思とは関係なく全て決められてしまっているようで、絶望的に思えた。と同時に、自由を渇望した。その思いはゆっくりと、そして虎視眈々と腹の底にたまっていった。

海の男に

それから一〇年ほど月日は流れた。

優は定時制高校の卒業はかなわなかったが、その後、地域に受け入れられ、立派な「海の男」に成長していた。船乗りになり、遠洋漁業の船にも乗るようになった。地元漁協からも頼りにされた。ニュージーランド近くまで遠洋漁業で行ったことは密かな自慢だ。南の海は青く、気候もよく、汗を流して働くことができる爽快感があった。

漁師仲間に「兄貴はどうしているんだ」と武のことを聞かれることもあったが、「知らねえ」とわざとぶっきらぼうに答えた。冷たく言葉を殴り捨てることで、自身を奮い立たせた。

実際、知らなかった。一体全体どこで何をしていたのか。優自身、ここにいて特段幸せだと感じることもなかったが、逆に困ることもなかった。このまま俺は漁師として生き、地元で結婚し、子どもも授かったりして、そうやって一生を終えていくのか。そんなことを優は漠然と思い始めていた。

そんな時だった。ある日、二八歳になった武が、突然実家に帰ってきたのだ。驚く両親。優もびっくりした。しかも、妻を連れ立っての故郷への帰還だった。正直言って、武には不釣り合いなほど、愛らしい女性だった。妻のおなかの中には子どももいた。

「兄貴も東京で変わったのかな」。誰もがそう認めようとさえ思えた。武の表情はかつてとは別人かと思うほど柔らかく、余裕に近い表情も見え、これから生まれてくる命を大切にしていこうという思いが感じ取れた。お互い大人になった。身重の妻を抱え、しばらく実家で暮らしたいという。

優は優で自由への渇望がなかったわけではなかったが、優は一瞬明るい気持ちで混乱した。「武が実家に戻ってくるのなら、今度は俺自身が自由になれるのではないか」。北の大地や家族から「仮釈放」されるようなそんな気分に包まれた。

高校中退のまま漁師となったが、本音を言えば、一度ぐらい自分も生まれ育った土地以外の地の空気を吸ってみたかった。「出稼ぎ」というのも経験してみたかった。武が「すげー町」と言うほどの東京。一体どんな町なのか、想像してみるだけでも楽しかった。海の香りも潮風もない、都会へのあこがれは割れない風船のように、どんどん膨らんでもいた。

「働け！　働け！　働け！」

あっという間に二年ほどの時間が流れていった。だが、その雲行きは、またしても加速度的に怪しくなっていく。

ともに生活していくと、武は全く変わっていなかったことがだんだんわかってきたのだ。確かに人間そう簡単には変われない。ただ、働かないという一点についてはまるで変わっていなかった。ふらふらと家を出ていっては、ふらふらと帰ってくる。妻を連れ立ってふらふらと出ていくこともあれば、一人でどこかに行ってしまうこともある。これで、所帯を持ったと言えるのか。どうなっているんだと、優の心はだんだんかき乱されていく。少し明るい未来を期待して舞い上がってしまったからこそ、より高いところからたたき落とされた気分だった。

両親も相変わらず、武に対して何も言わなかった。戦後に生まれた、目の中に入れても痛くない息子。長男と次男は新しい地での生活を始めている。跡取りを今更頼れず、三男の武には是が非でもこの地に留まってもらいたい。だから両親にとっても言いにくいことはできる限り言いたくない。そんな思いがにじみ出ていた。文字通り、両親は武に甘かった。優より後に生まれた二人の弟は、職業訓練所に通っていたり、自分でアパートを借りて自立したりしている。優だけがこの地域から抜け出せていなかった。

家には、両親と優に加えて、武たちが加わる。急に大所帯となった家の稼ぎ頭は優。そんな状態のはずの武がなぜ食卓で笑っていられるのか、不思議でならなかった。なぜ、ご飯のおかわりを平気でできるのか、意味がわからなかった。

「両親は誰かが支えないといけない。もちろん支えるさ。両親の生活費ならまだしも、兄貴夫妻の食い扶持も、なぜこのまま弟の俺が用意し続けなければならないのか」。優の中で怒りに近い思いが渦巻いた。「いつまで俺を家族に縛り付けたままにしておくのか」。武も生まれてくる子のため、必死に仕事を探していたのかもしれないが、優にそんなことを思える余裕は、すでになくなっていた。怒りは頂点に達していた。

ある日の冬のことだった。何の変哲もないその日を終えようとしていた。家族が集う居間には、両親と武とその妻がいた。些細なことで喧嘩の口火が切られた。引き金は何だったか、すでに覚えていない。お酒は誰も一滴も飲んでいなかったことは覚えているが、もはやどうでもよかった。

「弟の金をあてにして暮らして、兄さんは恥ずかしくないのか!」

そう切り出した。

「何を!」

言い返す武の目もまた、見開いていた。最も言われたくない言葉を、妻も見ている目の前で弟に言いのけられたからだ。武自身、優に言われなくてもわかっていたことだったろうが、何をやってもうまくいかない。兄である武の焦りと悔しさ。兄のささやかなプライドだってあったはずだ。

侃々諤々《かんかんがくがく》の言い争いになった。昔であれば、プロレスごっこで4の字固めやバックドロップでじゃれ合って終えられる。ただ、もう子どもじゃない。三〇歳近くの大人になった兄を前に、言い合いになるのは必然だった。

優も我を忘れた。決壊したダムのように、押し戻そうにも、溜まりに溜まった「負の感情」はとどまることを知らずにあふれ出たまま止まらない。まさに「感情決壊」だった。

どこからその声が出たのかわからない。家庭内の空気を一気に切り裂くように自然に言葉が出た。言いたくて、言いたくて、誰もが腹の中で思っているのに、誰も言えていなかった言葉だ。

「働け! 働け! 働け!」

優は怒髪天を衝くような、鬼のような形相で武に向かい、そう言い放っていた。どす黒いものが口の中からほとばしるように、心から、自然に言ってのけてもいた。武の顔はこれ以上ないほど紅潮していた。

図星なのは当然のこと。これから夜を徹した言い争いが続くだろうと、誰もがその反論の言葉を待ち構えたが、武からの反撃は皆無で、拍子抜けするほどあっさり言い争いは終わった。優が一瞬にしてKO勝ちしたような様相だった。自宅が壊れそうなほど、バタンと大きく音を立てて扉を閉め、武はそのまま家を出ていってしまった。

優に多少のばつの悪さは残ったが、それ以上に「何が悪い」と開き直りに近い思いもあった。これまで自分の人生の大半を犠牲にして家に尽くしてきた。これぐらい言って何が悪い、罰など当たらない。そんな強気の思いもあった。

両親も「やめなさい」とはやっぱり言わなかった。じっと兄弟喧嘩のその後の行く末を待った。自分たちがずっと言えてこなかった言葉を優が言っている。少なからず、そんな様子を見守りたい感じもあったようだ。

この大きな兄弟喧嘩がいかに家族をバラバラにし、優の人生をめちゃくちゃにする出発点だったと、誰が想像できたであろう。武との永遠の別れになると、誰が予想していたであろうか。

翌朝、武の姿はそこにはなかった。何の挨拶もなく、妻がその実家に戻れるよう手はずし、静かに家を去った。

武と武の妻、そして生まれたばかりの子どもが去った生家は再び静かだった。結局また、優は両親との三人暮らしに戻った。朝ご飯の妙な賑やかさも、武がふらふらと街に出かけていく背中も、優たちが見ることはもう二度となかった。

狂った歯車

突然の訃報

武が東京に戻っていってから数カ月が過ぎていた。優は無味乾燥な日常を過ごしていて、つらいとか楽しいとか特段何か感情を抱くこともなかった。武のことが家族の話題にのぼることもなく、何事もなかったかのようにただただ時が流れていった。

そしてそれは突然訪れた。優はいつものように沖に漁に出ていた。波は静かで、魚の大群を探すのにもってこいの一日だった。船長が今日の漁場をどこにしようか探しあぐねている、そんないつもの日常的な時間だった。

漁港から無線で連絡があった。天候が荒れているわけでもなく、「はて……何だろう」と、優は船長と顔を見合わせた。いつもと違う状況に、少し胸騒ぎがした。ただ、それも胸騒ぎと認識するほどの時間の猶予もなかった。

「何でしょうか」などと船長が応答すると、漁港から思わぬ答えが返ってきた。ジリジリとしたラジエーターのような電波無線の向こうで、「詳しいことはわからないが、東京に行っている優のお兄さんが火事で亡くなったようだ」――。

そんな無線が船内に広がった。人は理解の範疇を超えた衝撃が頭の深部に加えられると、一瞬固まる。まるで鐘の音が頭の中に波紋を広げながら外へ外へと広がっていくように、ふわふわとして全容がなかなかつかめなくなる。優の頭の中は、その波紋が自然と止まるのを待つ状態だった。

「えっ……」

待った割には、言葉にならない声が漏れた。やっぱりまだ理解できなかった。

喧嘩をして家を飛び出した武。東京に再び上京し、仕事をしているはずだった。あれだけの喧嘩をしたのだから、今度こそ大成し、妻をもう一度呼び寄せ、まっとうに生きる。優たちにとっては、そうなることを信じて知らせを待つしかない状態だった。なのに、なぜ亡くなるのか。思考が追いついていかなかった。

「どうする?」と船長は優に聞いたが、船の中で優は茫然自失。ひとまず戻ってもらった。

頭の中はハテナで埋まり、一つも回答を得ない。火事って何なんだ? 事故なのか、事件なのか? そもそも本当に亡くなったのか? 一体誰からの情報なのか?

港に着き、急ぎ自宅に戻った。

家に到着し、玄関の扉を開けるや否や、居間に続く短い廊下をドタドタと大股で歩きながら問いただした。「一体どうなっているんだ。誰が、兄貴が亡くなったって言っているんだ」

母は泣きじゃくり、父の目は真っ赤だった。悲しみと怒りと混乱が入り交じった視線だった。

「電話は警察からだ」。驚く優。失火なのか、はたまた殺されたのか。事故か事件の可能性か、その狭間で揺れ動いた。そして、その後に続く言葉に優は愕然とした。

「武が殺されたって言うんだ……」

失火ではなく、後者か……。腹の底から突き動かされるような怒りとともに、瞬間的に熱せられた血流が全身を炎のように駆け巡っていくように感じた。怒りという感情は最もストレートに表現される。怒りが悲しみを凌駕し、沸点を軽く超えていく。

「誰にやられたんだ！」。知るよしもない両親に優はすごんだ。

沈痛の母親がそこにいた。誰かに支えてもらえなければ、自身の身体を自分で支えてさえいられない。神に背骨を抜き取られたように憔悴しきった母親の両肩を、後ろからしっかり支えていたのが父。そんな状態だった。「悪いが、武を引き取りに東京に行ってほしい」。父親が頭を下げた。

空港までの道のり

いつもは寡黙な父親が段取りした。父親代わりとして長男も呼び寄せた。仲違いしたようなかたちで家を勝手に出ていった長男。とてもじゃないが、仲がよい親子ではなかったが、この時ばかりは支え合った。

訃報を聞きつけた長男も、父親の話を親身に聞いた。「うんうん、わかった。俺が優と一緒に東京に行って、話を聞いてくる」。落ち着きを取り戻そうとでもいうように、長男はなるべく冷静にそう話した。

そうこうしているあいだに、武の妻も駆けつけてきた。顔面蒼白だった。三歳になった子と、その後生まれた一歳にもなっていないような赤子も胸の中に抱きしめていた。父親と遊んだ記憶も思い出も共有できないまま、父親を奪われてしまったのか。二人の子の母親としての不安が、武の妻の顔色に如実に表れていた。

「大丈夫か」

「うん」

そんな当たり障りのない会話で気遣った。

優と長男、武の妻、そして東京の土地勘に詳しい親族の四人で、空港に向かった。優が暮らす家から空港まで、一本道が続いた。殺風景で、色の少ない景色が永遠に続いていくように思えた。

車の中で、ほとんど会話はなかったといっていい。これから訪れる不安を誰もが抱え、ひたすら永遠に続くような海岸線を走る車にただ身を任せた。特に何か具体的な問題がそこにあるというわけではなかった。誰も状況を飲み込めぬまま、ただ身体を東京へと運ぶことで精一杯だった。信号機もほとんどない、永遠にまっすぐな道が無心の状態を生み、四人の心を少し落ち着かせてくれた、ともいえた。

人生もこうやってまっすぐの一本道だったらいいのに。優はそんなことを考えた。どうしてうちの家族は、こうも凸凹道なのだろう。いつも予定通りにいかない。不仲でもある。普通に笑い合ったり、普通に連絡を取り合ったり、どうしてそういった「普通」ができないのだろう。

どうして、いがみ合ってしまうんだろう。四六時中一緒にいるような絵に描いたような上出来の仲よし家族を望んでいるわけではないのに……。

そんな思いを、武もこの道を走りながら考えたのではないか、とそんな考えも頭をもたげた。優が「働け！　働け！　働け！」と怒鳴ったあの日の翌日、武もきっとこの道を通って東京へと向かったはずだった。

どんな思いだっただろうかと、優は押しつぶされるような気持ちになった。迷惑をかけてきた弟に、自分の妻の前で、屈辱的な罵声を浴びせられたあの日のことだ。優のことを許さない、と思っただろうか。それとも図星すぎて傷つき、泣きながらこの道を走ったんじゃないだろうか。妻に申し訳ないとわびながら、この道を通ったのかもしれない。そしてまた、武も車中で優が考えているのと同じように、このまっすぐすぎる道に心を落ち着かせたり、逆に不安を覚えたりしたのではないだろうか。この後待ち受ける何かが何なのかもわからず、漠然とした不安だけを小脇に抱えて、そのままただ身を任せて東京へと急いだのではないだろうか。

改めて、優は武の立場になって物事を考えていた。考えれば考えるほど、申し訳ない気持ちでいたたまれなくなった。

「働け！　働け！　働け！」なんて言葉、言わなければよかった――。言ったとしても、もっと違う言い方があった。もしあの時、あんなに強く屈辱的に言わなければ、武は東京に行く必要なんてなかった。東京に行かなければ、こんな無残なかたちで、警察が関わるかたちで亡くなることもなかった。二人の子どもを残し、その成長を見ることもないまま、何もしてやれないまま、世を去る必要もなかった。妻が苦労するのは目に見えていた。

心に鉛を押し込められたような気持ちのまま、四人は空港に着いた。優にとって初めて乗る飛行機だった。はっきり言ってこんなかたちで乗りたくなかった。飛行機とは、もっと明るい気持ちで空に飛び立つ、そんな夢のような乗り物だと思っていた。こんな暗澹たる気持ちで乗り込む乗り物だったのだろうか。

周囲は家族旅行を終えて、思い出話を語らいながら帰路につく満足顔の旅行者であふれた。多少ビジネスマンもいたが、優たちのように、一様に沈痛で疲れ切った表情の一団はいなかった。旅行者ではないことは一目瞭然。重い、重い気持ちを乗せたまま、その飛行機は空港を離陸した。

小さな骨壺

東京——。東京タワーとは一体どんな代物だろう。皇居というものも一度は見てみたい。新宿、渋谷、原宿なんて街も闊歩してみたい。初めて東京を訪れた人なら多くがそう思うはずなのだが、四人は脇目も振らず、東京・多摩地域の警察署に向かった。

着いたのは、すでに夜も暮れていた。赤色灯が夜の街に静かに浮かび上がり、俺たちが街を守るんだという自負に近い強い存在感のようなものを放っていた。

名前を告げると、待っていましたと言わんばかりに、警察署員によってすぐに霊安室に案内された。まずは身元確認だ。署員に連れ立ってみなでそのまま入ろうとしたが、すっと刑事が身体を差し入れて四人全員が前に進むのを止めた。「遺体の損傷が激しいので。せめて、お一人だけの方が……」と促され、長男が確認しにいく運びになった。

冷静な長男ではあったが、刑事のその一言に、覚悟するかのように一瞬つばを飲み込んだ。飲み込んだつばが喉元から胃へとぐっと無理矢理押し流されていくと同時に腹に力が入る。そして、霊安室の扉が開けられた。

灯油のような煤茶《すすちゃ》けた臭いをいまだ発しながらベッドに横たわる遺体と思われる物体の上に真っ白い布がかけてあった。刑事が「いきますよ」と言うと、白い布がひらりと振り払われ、武の遺体が現れた。

長男は首を縦に振るのが精一杯だった。武だったのか正直、判別できない状態だった。人の身体を保っていない状態のまま、武は、黒い塊となって硬いベッドに横たわっていただけだった。長男の顔がこわばったまま霊安室から無言で出てきた姿を優はよく覚えている。

武の妻も「ありがとうございました」と言いながら、何も言うまい、何も聞くまいとすることで今置かれている状況がどういうものなのかわかろうとした。

その後、刑事が調べてわかったことを四人に伝え始めた。

武は、東京・多摩地域で、日雇い労働者として働いていたようだった。当時は高度経済成長真っ盛り。高層ビルが、驚くほどのスピードで乱立していく時代だった。仕事は身体を張るのであれば、いくらでも落ちていた。

そんな多くの労働者の一人として武も東京の街に飛び込んだ。朝早くに起き、夜遅くまで働く。筋肉を休ませる暇もなく働き、その場で現金をもらう毎日を繰り返していたようだった。「働け！　働け！　働け！」と優に言われた後の武の歩みを、まるで答え合わせでもするかのように、刑事から聞かされていく。武は確かに真面目に働いていた。無遅刻無欠勤で、仕事の評判もよかった。武が懸命に働いてきた様子が伝えられ、優はうんうんと無言でうなずいた。

武の寝る場所は、現場近くのプレハブ小屋。どこからともなく集まった労働者たちとの集団生活だったようだ。といっても、「生活」と呼べるようなものはなく、雑魚寝をするだけの場所だった。

当然、中には荒くれ者もいる。小さな喧嘩やいざこざは日常茶飯事だった。武のトラブルも、そんな生活の延長線上で起きたとのことだった。

武は、一人の男と喧嘩になったようだった。喧嘩の理由はよくわからないが、金銭的なトラブルだったとみられる。相手の男が勢い余って、ストーブの灯油を武にぶちまけた。その後、炎が武に吸い寄せられるように引火。武は生きたまま、丸焼けになった。

プレハブ全体の火事を防ぐためにも、すぐに消火活動がおこなわれたが、武の命は黒くなってあっけなくその場に固まっていた。

人の命とは、こうもあっけないものか。葛藤も悶々とした思いも、その「意識の総体」はこうもちりぢりバラバラに砕け散るものなのか。優は刑事の話を聞きながら、悔しくてならなかった。

自分があんなにひどいことを言わなければ、こんなトラブルに巻き込まれなかった。その自責の念が、悔しさと相まって胸の中で手の付けようがないほど暴風雨のように渦巻いていたからだ。

灯油を浴びせた容疑者の男はその場で仲間たちに取り押さえられて警察に引き渡され、現行犯逮捕された。この警察署内にまだいて、刑事から取り調べを受けている最中とのことだった。

刑事たちが、署内を行き交っていた。容疑者が話した供述と、現場の証拠品とのすり合わせをしている様子だった。優は、その刑事たちの姿をじっとにらみつけていた。正確には、刑事たちが頻繁に出入りする取調室の向こう側に視線を向けていた。

「あの奥に、兄をやった(殺した)奴がいるんだ。兄は死んだのに、相手はまだ生きている。俺たち家族の前で、堂々と生きている。警察署というこの建物に守られて、今もまだ無意識に呼吸をしている。不公平じゃないか。怒鳴り倒してやりたい。家族を殺した奴を許せない」。そんな思いに駆られた。

不思議でもあった。家族思いの「仲よし家族」だったわけではない。どちらかというと、不仲の家族で、バラバラだった。二人の兄は早くに家を出て、武も定職にはつかず、一家を支えたのは優だったはず。優は優で家族に対して、もはやうんざりしていた。自分の境遇もそれなりに憎んでもいた。

それなのに、この従順な家族愛は一体全体、優たちの心と身体のどの部分から自然発生しているのか、誰もわからなかった。ただ、家族を殺されたという理不尽な事実に、初めて結束しているようにも思えた。

東京の火葬場で、四人で武の亡骸を見送った。悲しいほど短い待ち時間で、骨をのせた台車は出てきた。少ない骨を骨壺に入れ、妻はそれを胸に抱えて、ひとときも離そうとしなかった。大人というよりは子どもサイズの骨壺で、まるで我が子を必死に抱きかかえる母親のような、武の妻の丸まった背中が不憫でならなかった。

そして、もう誰も何も考えられなかった。武がいないということだけは理解できる。武の妻は、ふとした拍子に何かを思い出したように号泣し、泣きじゃくる。地震の後の余震がなかなか収まらないように、揺れては収まり、収まっては心の揺れを繰り返し、感情の振り幅は計り知れなかった。

失意のまま、優たち四人は実家に戻った。小さな骨壺に入れられた武とともに、だ。誰がこんなかたちで戻ってくると想像できただろうか。武がこの家にいた最後の夜の気まずさが再びぶり返していた。優の心からも血があふれ出し、涙が止まらなかった。

その時、何をしゃべったのか、何を聞いたのか、優は今もまだ、ほとんど思い出せないでいる。恐らく長男が武の様子を両親に伝えたのだと思う。いつものように冷静に。長男として果たした役目を報告するかのように。そして、母親が泣き崩れ、それを父親が支えている姿だけが鮮明によみがえる。そこに音はなく、無声映画を見ているような感覚で、その時間は流れていった。

後を追った母

優たちは、日常生活に戻った。戻らざるをえなかった。働かなければ、生きていけない。身体を動かしていれば、なんとか日銭ぐらいは稼げる。優は漁に出て、魚を追いかけた。無心になって追いかけた。気を紛らわせたい、武のことが脳裏に入ってきてほしくなかった。

みなそうだった。あえて武の話をすることもなかった。みなが心にふたをして、ひたすら前だけを向いた。ひとたび言葉にすれば、止めどもなく思いがあふれ出し、収拾がつかなくなると、誰もがわかっていたからだ。

漁協の人たちは温かかった。「大変だったな」「無理するなよ」。海で働く者同士、助け合いの精神も強くて大きい。顔を合わせれば、ねぎらい、元気づけてくれる人もいた。一方で、話しかけられれば話しかけられるほど、反比例する法則でもあるかのように、その孤独感がどんどん浮き彫りになって現れ、そして深まった。

どこからともなく、東京で喧嘩に巻き込まれて殺された、という噂が街に流れ、漁港の仲間たちのあいだでも微妙な空気に包まれたこともまた事実だった。これまでの武のおこないや振る舞いからも、「実際のところはどうなんだか……」と懐疑的にみる人もいた。小さな田舎町。本当は陰で何を言われているか定かではなかった。

事件の被害者家族となった優たちが、安らげる場所はなく、どこにも行き場はなかった。まっとうに生きていればそんな死に方はしないはず、というトラブル一家といった視線が、何だかつきまとっているように思えてならなかった。つらい、寂しいという素直で素朴な感情をはき出す場がどこにもない。悲しみを共有することができない。なぜこんな目に……という後悔だけが消化しきれず日に日に渦巻いた。

そんな思いを最も感じていたのが、母親でもあった。

武は、戦後に生まれた新たな命だった。戦争によって一度は崩れかけた家族を、もう一度家族として再生させてくれた命で、母親にとって、六人の兄弟の中でも格別な思いを持って産んだ子だったに違いなかった。

母親は体調を崩しがちになった。笑わなくなり食欲もなくなり、大好きだった料理を作る気力もなくなり、台所に立つこともかなわなくなった。ずっと床に伏せって、一人で身体を起こすことができなくなっていた。

生きながらにして死んでいる。そんな状態が何日か続いた。体調を崩す頻度は上がり、なかなか治らない。「もう生きていたくない」。そんな弱音も言い出すようになった。父親がつきっきりで励ましたが、負のスパイラルを止めることは誰にもできなかった。

ある日、漁港に働きに出ていた優は、父親からの電話を事務所で取った。父親の声一つで、異変が起きたことは明らかだった。声にならぬ声で、電話口で父親が崩れ落ちていくのがわかった。

事務所の受話器をたたきつけると、急ぎ、優は自宅に戻った。「ああ、この光景、前にもあったな」と思い出しながら。武が亡くなった時、漁港から連絡を受け急ぎ自宅に戻った日のことを思い出していた。父親はその時とほぼ同じように、肩を落とし、むせび泣いていた。隣の部屋では、息絶えた母親が永遠の眠りについていた。病死だった。母親はついに、武を追うように旅立った。

武が亡くなった日からちょうど一年後の命日の翌日だった。武の死が、母を追い詰めたのは間違いなかった。

俺のせいだ――。優の自責の念はもうどうすることもできなくなっていた。俺がこの部屋で武を怒鳴ったばっかりに、武の命が消え、母親の命までも道連れにしてしまった。

全てがこの部屋から始まったように思えた。

武の死には容疑者というかたちで憎むべき相手がいたけれど、母親の場合は憎むべき相手がいない。もしいるとしたら、それは優自身としか言いようがなかった。狂い始めた家族の歯車は、鈍い音を立てて暗闇の中のあらぬ方向へと回り始め、それはもう誰にも止められないかたちで加速していった。

もう戻らない

気持ちの整理がつかない

武、そして最愛の母の死。父親と二人暮らしの生活が始まった。六人兄弟なのに、自宅はがらんとして静かになった。波の音が一層よく聞こえるように思えた。小学生の頃は勉強机さえ置けなかったこの家が自由きままに使えてしまう。この寂しさの正体は一体何なのか。何の因果があって……と優は思う。

だが、悲劇はここで終わらなかった。優の運命を決定付ける出来事がまもなく起きた。話は少しさかのぼる。

まだ母親が生きていた頃のことだ。武が亡くなり、憔悴しきった母親から、こんな話が持ち上がった。それは、武の妻と優が結婚し、お互い支え合って生きていったらどうかという提案だった。前述の通り、武には二人の子どもがいた。三歳と一歳で、まだ幼い。母親が一人で育てていくには苦しいことは目に見えている。優の父親と母親が唯一できることは、残された武の妻と優が一緒になれるよう背中を押してあげることだった。

優にとっても、武を追い詰めた、という自責の念があるのなら、そういったかたちで報いることはできる。優も、そんな話が持ち上がるのは自然なことだと、どこかでそう思えた。兄の忘れ形見を今度は俺が……そうなってもおかしくはない。ただ、武は世を去ったのに、自分だけが幸せになっていいのだろうかとの思いもあり、すぐに話は進められなかった。というより、躊躇しかなかったと言った方が正確だった。

理屈では「余り物同士」、といったところかもしれないが、人間の感情はそううまくできていない。合理的に動かないことの方が多い。

武の妻・陽子（仮名）は、優の家からほど近いところにアパートを借り、二人の子どもとの生活を始めていた。陽子自身、実家に戻る選択肢もあったが、なぜかそれは選ばなかった。

再婚話も持ち上がった手前、優の家の近くで、暮らしを再スタートさせたかったのか、実家にはもう頼れない事情があったのか、それはわからない。

時間はあてもなく流れていたが、再婚の話はやはり前に進まなかった。一歩前に踏み出せば、それは武の事件を礎にした家族ということになるからだ。母親の死でそれはさらに遠のいた。

「母親の命まで奪っておいて、やっぱりそんなことできない。もし許されるなら、せめて母親には生きていてほしかった」と優。

なぜ、母親は優の幸せを見届けてくれなかったのか。なぜ一人、悲しみを背負い、なぜ一緒に、背負わせてくれなかったのか。

アイヌ民族だった母親。和人の家に嫁ぎ、きっと戸惑いもあったはずだ。戦争という時代を生き抜き、再び父親とともに生きていく道を自ら選んだ。幸せな家庭を作るために。明るくて、太陽のような存在だったはずの母親はなぜ、もう一度笑ってくれなかったのか。

気持ちの整理がつかなかった。優の心の中にある躊躇を溶かすには、時間も必要だった。

武と陽子の子どもたちと遊んだこともあったし、実際、子どもはかわいかった。まだ幼すぎて、父親が亡くなったこともうまく理解できていない様子だった。それはそうだろう。再婚などというかたちより、まずは優の気持ちを立て直すことが先決だった。

義姉を襲った悲劇

とにかく陽子にとっては生活を始めなければならなかった。

まずは働きに出なければ、二人の子どもも陽子自身も生きていくことはできなかった。どうにか仕事を見つけ、子どもを育てていかなくてはならない。頑張っていれば、きっと事態も好転していくはずだ。何の根拠もないけれど、せめて楽観的に考えていなければ、生きていけない状態だった。

陽子は、近所のスナックで働き始めた。子どもが寝静まった後に働ける、歩いて五分もかからないスナックだった。皿洗いから始まり、少しずつなじみの客と挨拶できるようになっていく。深夜に子どもたちが途中で起き、寂しい思いをさせないように、祈るような思いで念入りに子守歌を歌って、毎夜子どもたちを寝かしつけた。そして音も立てずに部屋を出て、夜道を急いだ。

小さな二人の子どもを抱え、片田舎で女性ができる仕事といえば、現実的に考えてもこの方法が一番手っ取り早かった。実際、なんとかなった。なんとかなっていると思うしかなかった。武も、きっと天国から守ってくれる。人生、誰だって平等に苦労と幸せが起きるはず。私はこんなに苦労している、さすがにもうこれを超える苦労は起きはしないだろう。そう高をくくりたくなるような気持ちもあった。

そんなある日の夜だった。スナックで、なじみの常連客の相手をしている時、消防車のサイレンが聞こえた。こんな夜中に火事か……そう思ったが、ウイスキーを注ぐ手を止める理由はない。誰もその音を気に留めないまま、そのまま楽しげな会話が続いていった。

何分か過ぎると、消防車のサイレンは一台にとどまらず、もう一台、もう一台と次々に駆けつけてくる。おやっと、そこにいた誰しもが酒場の楽しい会話以上に、危険を知らせるその音の方に次第に意識が向いていく。お客の誰かがぼやいた。「おっ、これはボヤじゃないな」。もう一人がスナックの扉を開けて外を見に行くなど店内はにわかに、ざわつき始めた。

なぜなら、そのサイレンの音は止まるどころか、どんどん近づいてくるからだ。陽子の胸騒ぎは高鳴りを帯びて渦巻いていく。「まさか……」。指先から血の気が引いていくような気持ちで、陽子はスナックを勢いよく飛び出した。高いヒールの靴を履いていることも忘れるほど走った。自宅アパートに近づけば近づくほど、黒煙が大きくなっていく。消防車が連なり、野次馬たちが心配そうに腕組みしながら消火の様子を見守っていた。

その野次馬たちの視線の先、それはまぎれもなく陽子の部屋だった。最も煙を吐き出している部屋だ。心臓の爆音が止まらない。

「中に子どもがいます!」。そう言ったか否か、二階の自室に自ら階段を駆け上がっていこうとした。「危ない!」「行ったら死ぬぞ」と抱きかかえられる。怒声も響き渡る中で、必死にもがいて、部屋の中に行こうと何度もアタックを試み続ける陽子を、周囲が必死に止め続けた。

子どもたちを助けるというより、陽子は死にたかった。このまま一人取り残されるぐらいなら、いっそ子どもたちと一緒に武の元に行きたかった。ようやくそのチャンスが目の前に来ている。子どもたちを二人だけで天国に行かせるわけにはいかない。周囲が数人がかりで止めても、ものすごい力で振り切って中に入ろうと試みる。

「子どもと一緒に！」「私も中へ！」。全身の力を振り絞って、階段を駆け上がりたい。我が子を抱きしめたい。武だって、火の中で、もだえながら死んだんだ。子どもたちに同じようなやり方を強いなくたっていい。私が抱きかかえてそっちに行くから。

次に目が覚めた瞬間、陽子は全てを失っていた。目をうっすらと開け、意識が戻った時、陽子がいたのは天国ではなく、実家の畳の上だった。気を失った陽子は病院から陽子の実家に運ばれ、そこで何日も寝ていたということだった。

陽子は最愛の夫に続いて、二人の子どもを亡くした。原因は、陽子の部屋からの失火だった。マッチの火が原因ではないかということだった。

三歳の子がマッチに火を付けようとしたのだろうか。陽子はその推理に愕然とした。きっと夜中に目が覚めてしまったんだろう。上の子は、暗闇を怖がる子だった。きっと「ママ、ママ」と呼んで、その姿を探したに違いない。頭のいい子だった。電気をつけなければいけなかったが、電球から垂れ下がった紐はどれだけ手を伸ばしても、大人じゃなければ届かない。マッチとろうそくで部屋を明るくして、ママを探そうとしたのではないだろうか。

そんな子どもたちの姿を想像した時、涙があふれて止まらなかった。もう二度と、子どもたちを抱きしめることはできない。もう二度と笑うこともできない。ママ、ママと呼んでくれる子どもたちがそこにいない。「夢なら覚めてほしい、お願いだから」

みんな消えていく

火事があった翌日、そんな陽子の二人の子どもたちの悲報に、優は崩れ落ちた。申し訳ないようなだれるしかなかった。どうしてこうも不幸が続くのか。優たちの置かれた「運命」を呪うしかなかった。

武の忘れ形見だったはずの子どもたちさえ守れなかった。優は、もうどうしようもない後悔の念に駆られていた。俺が母親の死でぐずぐずしていたばっかりに、とも思った。

どうしても、「たられば」を考えてしまう。もっと早く再婚していれば、ということだ。少なくとも陽子は夜中にスナックで働きに出る必要はなかった。おまじないのように念入りな子守歌を毎夜歌う必要もなかった。もちろん子どもたちだけで寝させることもなかった。なかった、なかった、なかった……。何の罪もない子どもたちを死なせることも、当然なかった。頭の混乱は収まらなかった。

陽子の話を聞きながら、武の死や母の死の時に感じた負のループが、またしても優にのしかかった。もう言葉がなかった。俺が人の命を奪っていっているのだろうか。あと少し、もう少し歯車が違うだけで救える命がたくさんあったはずなのに。つくづくこんな自分がとてつもなく嫌になった。全てが終わっていくような瞬間だった。

その後、陽子がどこに行ったのか、今どこで何をしているのか、誰も知らない。忽然と陽子は、その街から姿を消した。

優の周囲にいた登場人物たちは、なぜかどんどん優の前から消えていった。そして結局、この街に残ったのは、優と父親だけになった。近くに暮らしていた武の子どもたちももういない。新たな未来など描きようもなかった。妻を守れなかった父親、陽子とその子どもを守れなかった優。大切なものを失った二人の男が、一つ屋根の下で暮らす。どんな因果があるというのか。

朝ご飯を食べても、夜ご飯を食べても、味は全くしなかった。会話も特にない。ただ起きて、ただ海に出て、ただ寝るだけ。

人間の一生というものは、そういうことなのだろうか。何かに笑ったり、何かに期待したり、何か未来を考えたり、これから起こる何かにわくわくしたり、どきどきしたりすることができない人間を、神様というものはこんなかたちで作り出すのだろうか。不幸の極みのように思えてならなかった。

優は、父親と一緒に生活することが苦しくて苦しくてたまらなくなった。父親と生活することは、武を思い出すことであり、母を思い出すことであり、陽子とその子どもたちを守れなかった自分をさらすことと、イコールだった。苦しくて息ができない。

優は、あの海岸線の直線道路を思い出していた。武が事件に巻き込まれたとの連絡を受け、東京へ行くために急ぎ走ったあの道のまっすぐさを、なぜか不思議と思い出していた。

もう一度、まっすぐに駆けたい。計画も未来も何もない。もう蛇行した凸凹道は嫌だった。

ある日、父親に告げた。「もうここにはいられない」。優も限界だった。ここにいれば、全て自分のせいだとの自責の念に駆られ、自身が壊れてしまうことは容易に想像できた。

父親も止めなかった。きっと、父親も同じ気持ちだったのかもしれない。一緒に生活すればするほど、むなしくなる。いつか優のことを憎むことだってあるかもしれない。それならいっそ、離れて生活することを選択したって不思議ではない。

「そうだな」。父は短くそう言った。

父親は、終戦から三年後、ようやく任を解かれ、自宅に帰ってきた時のことを思い出していたのかもしれなかった。あの時、母親が父親ではなく、戦後出会った別の男性と新しい家庭を築いていたら、ということだ。そんなことを今更思い出しても到底仕方がないことなのだが、心が弱っている時にこそ、「たられば」は頭をもたげる。

あの時、母親は父親を選んだ。だから、その後武や優ら四人の子どもを授かり、一時は孫も授かった。うまくいかないこともあったけれど、それでも、何とかみなで暮らしてきた。

母親はあの時、なぜ父親を選んだのだろう。父親は何だか「ふっ」と笑いたくなった。結局、母親がどんな選択をしていたとしても、結果として父親の置かれている状況は同じだったように思えたからだ。あの時、父親を選んでくれていなかったら、父親はきっと今日のようにこうしてこの街に、独りぼっちだったのかもしれない。部屋の中にぽつんと一人、誰もいない部屋で毎日を過ごす生活だったかもしれない。戦争を憎み続けたかもしれない。俺が戦争の残務処理から帰ってこられないあいだに、と悔しがっただろう。

だが、違った。実際は子どもにも恵まれ、まっとうに生きてきたはずだった。なのに、この静寂は何だろうといたたまれなくなった。そして、人生の因果に、もはや少しだけ可笑しかった。だから、家を出ることを願い出た優に、妙に軽い言葉で「そうだな」と返事をしたのだった。

どこからやり直せばいいだろう。優はどこで間違ったのか、わからなかった。優にわかっていたのは、ここにはもういられないということだけだった。

優と三歳離れた五男の弟を頼って、生まれ育った田舎町を出て、まずはネオン輝く繁華街に向かった。優は弟の紹介で、半年ほどキャバレーのボーイとして働いた後、弟が関東近郊で働き口を得たことから、優もその弟とともに向かった。

関東という土地柄は優にとって、武が過ごした場所、武が最期を迎えた場所、武を迎えにいった場所でもあり、いい思い出はなかったが、優はまずは一歩を踏み出した。新たな門出というより、逃げ出したに等しかったが、人生をリセットするための選択だった。

第三章　事件は起きた

新たな地で

都会での生活

その街は「人の海」、そのものだった。優にはそう映った。

各地から集まったいろんな「種類」のモノたちが大きな潮の流れに抵抗することもなく、身を任せて回遊しているように思えた。逆流したり、岩陰に隠れたりしているモノもいれば、休日になれば潮の流れは強く速度を変えていった。その中には、もちろん凶暴なモノも泳いでいた。北の大地では見たこともないような新種の考えやアイデアを持ったような類いも。岩場の陰になったような地下の一室には、カラフルな衣装に身を包んだ熱帯魚のような女性たちが「キャバレー」「スナック」と書かれた店内で働いていた。竜宮城、そんな華やかな世界の場所のようでもあった。

空を見上げると、何だか夜空はくぐもっていてぼんやりしていた。海中から見る空のように、ビルの合間から見える空の全体像はいつもつかめず、そんな中で優は、潮の流れに抵抗することもなく、流されるままに生きていた。

漁師経験しかない男ができる仕事といえば、建設業か夜の世界が手っ取り早かった。まずは、一緒に出てきた五男の弟とともに、鉄筋下請け業の会社で面倒を見てもらうことになった。住み込みということも二人には、願ったり叶ったりだった。五世帯ぐらいしか入っていない古いアパート。弟は競馬が好きで、優もたまに遊んだりした。

ただただ時が流れていった。この街に逃げるようにやってきたわけだが、そんな始まりがあってもいいと思いたかった。月日が自分の心も癒やし、刺々しい感情もきっと溶かされていく。溶けた後に、自分がどうなっていくのかはわからないが、凝り固まって動けなくなるぐらいなら、このまま溶けていく方を選びたかった。

給料は正確には覚えていないが、その日暮らしだったことはよく覚えている。飲み食いすればほとんど手元には残らなかった。

一九七〇年後半から八〇年前半にかけては、バブル真っ盛りだった。街は華やかで、賑やかで、みんなおおらかだった。東京の原宿や代々木公園周辺の道路は、日曜や祝日は歩行者天国に生まれ変わる場所もあった。「竹の子族」と名付けられた若者たちが闊歩し、今日のネット社会のような匿名の陰湿さは乏しく、からっとした明るさがあったように思う。

優がその街でどんな変遷をたどったか。その後、鉄筋下請け業の会社は人間関係がうまくいかなくなったりして、優は半年ほどで退職したが、新聞広告にたまたま載っていた飲食店に就職した。キャバレーやクラブ、レストランを経営する手広い会社で、優はそこでウエイターや板前見習いとして働き始めた。夜の街はこれまでどう生きてきたか、素性を話さなくても、その日から住み込みで働かせてくれるようなところがあり、優のような「根無し草」の生活者にとっては好都合だった。

特にバブル時代のキャバレーは、またひときわ、華やかな世界に思えた。女性たちは美しく、故郷で暮らしていた女性とは全てが違った。赤いふかふかの絨毯が敷き詰められ、素肌を挑発的にさらけ出した女性たちが店内を駆け抜け、そのあいだを男たちが入り乱れた。天女舞う世界のウエイターとして働きながら、羽振りのいい男を見て、少し羨ましくも思ったし、どこかで馬鹿にしているような思いもあった。

優の一日は、とにかく長かった。キャバレーに午後二時に出勤し掃除を含めて開店準備に余念がなかった。夕方には店を開けて、午後一一時までの一応の閉店時間まで一瞬も腰を落とすことなく働き通しだった。その後、店は終わっても、今度は明け方まで系列の大衆酒場で板前見習いとして働くこともあった。皿洗いや簡単な野菜切りだった。

一日が寝ることと働くことでしか埋まらない。そのことが嫌だとか、つらいとも思わない。そうしていれば、時間が流れていくことを肯定することになる。そうしていたかった。

「漁師みたいだな」。少し苦笑いした朝もある。漁師も太陽が出ない時間帯から働き始め、サラリーマン社会とは六時間ほどずれる働き方をする。優も出社時間こそ午後二時頃だったが、太陽が沈んだ後の方が精力的に働いた。「結局同じじゃねえか」。小石を軽く蹴って明け方に帰路についた日も、一度や二度ではない。

その街が好きというわけではなかったが、その日その日をただそのまま生きられるという点では優には都合がよかった。きっと優が特別だったわけではなく、そんな状態だった若者は当時そんなに珍しくなかったはずだ。

その街で過ごしたのはわずか二年ほど。そんな生活だったが、優にも交際している女性はいた。すらりとした長身で声が小さくておとなしい女性だったと記憶している。優がウエイターをしていたキャバレーで働いていた。「私が……」「私が……」と一歩前に出て自己主張できる女性が多い中で、二歩も三歩も下がるその奥ゆかしい優しさが、優には心地よかった。

目立つ方ではなかった優だが、その温度感が二人を引き寄せたのだろうか。大海原のその街で、二人は人知れず愛を育んだ。といっても、働き通しの優の生活では、旅行とか遊園地といったデートらしいデートをすることはできなかった。出勤前に繁華街を一緒に歩いたり食事をともにすることぐらいだったか。それでも幸せだった。

これまでどう生きてきたのか、お互いに深入りしない感じもまた楽だった。その女性と将来のことまで考えたことはなかったが、その優しい満ち足りた時間の流れを優は大事にしたかった。その女性といる時だけが、今思えば、自分の負い目から一瞬とはいえ健全なかたちで抜け出せる時間だった気がする。

だが、それは、優がこれまで背負ってきた苦しみを溶かしてくれるほどのものではなかった。どうしようもなくドロドロとした感情を鎮めるのに必要なのは、清らかな感情ではなかったように思えた。

覚醒剤の誘惑

そうした生活に不満はなかったものの、優はどうしてもこれまでの苦しみから抜け出すことができないでいた。故郷であったさまざまな深い傷からそう簡単には脱出できなかった。

そんな時だった。故郷を出る少し前に、ある小説が出版され、空前のヒットとなり、社会で話題になっていた。優も気になって購入しており、ようやく読める心の余裕ができ始めていた。少しずつ読みふけるようになっていった。そして、自分でも思いのほか、没入していった。小説など本を好んで読むタイプではなかったが、その世界観には一瞬にして引きずり込まれた。

小説の舞台は東京。米軍基地の近くに米兵用に建設されたアパートの一室で、そこに出入りする若者たちのクスリやセックスに明け暮れる様子が描かれていく。そんな内容だった。主人公たちは、世界が変わるような何かを期待するわけでも、何か失ったものを探したりしているわけでもなかった。

読んでいる時の何かこの惰性的な溺れ朽ちていくような感覚が、優のその時の心情に驚くほどぴったりと一致した。どろどろとした思いは清らかな感情ではなく、こういった危ない世界と妙に相性がいい。こういった世界なら、こんな自分でも生きていけるのではないかと幻想に近い希望を持つようにさえなった。

一線を越えるということは、「越えるぞ」と陸上の高跳び選手のように勇気を振り絞って力一杯に越えていくものではなく、自分でもうまく説明のつかないような状況の中で、気づけばその世界観に引き込まれ、越えてしまっているものなのかもしれない。何か劇的なドラマチックなものがあるというよりは、日常の延長線上に、すとんと人知れず墜ちていくもののような気がした。

仕事は当時、まだキャバレーに出入りしており、当然怪しげな密売人が出入りしていないわけではない。同僚たちとその本について話題にしていると、ある時、ひょんなことから本当に覚醒剤が手に入ってしまった。

最初は手に入ってもずいぶん長い期間、使っていなかった。実際それが本当に覚醒剤というものなのかもよくわからなかった。見たこともなかったからだ。薬なんて……とどこかで思っている自分もいた。早く処分しなければいけないな、と思いつつも、興味本位もあり捨てることを後回しにして、結論を回避していたかのようだった。自分の良心の一線を越えていくものであり、持っていてはいけないとわかっていても、なぜだかなかなか行動に移せなかった。

ある時、身体も重く、どうしてもやる気が起きない日があった。お金がふんだんにあるわけでもなく、時間を見つけてはあくせくと働かなければならない中で、無理がたたって体調を崩してしまっていた。朦朧とした意識の中で、「これを飲んだら、ものすごく元気になる」と言った密売人の悪魔のささやきがふわりと脳裏に降りてきて、一度思い出すと頭から離れなくなった。

一線を越える瞬間は割とあっけなかった。なんとなく映画や書籍で知ったような知識で、見よう見まねで打ってみると、まさに感情が覚醒していくのがわかった。血液が湧き上がっていくような、身体の内側から魂が生き返ってくるような熱いマグマを感じることができた。妙な高揚感を伴って、ギラギラと血が踊り沸騰していく。初めての感覚だった。久しぶりにやっと、「生きている」と感じることができた。「俺にも、こんな熱い思いが残っていたのか」と錯覚するほど、虚妄の多幸感に満ちあふれた。

うじうじとしていたこの数年間が一体何だったのかと思うように、悲しいほど楽になった。武のことや母親のことなどが頭を離れず、死んだように生きてきたはずだったのに、「生きている」という偽りの感覚にいざなわれた。何だって乗り越えられそうな思いで身体が満ち足りていった。

まさに、疲れといった類の倦怠感をその一瞬だけは忘れさせてくれる「魔法」だった。それがとても恐ろしい世界であることは優にもわかっていたが、「悪魔の快楽」を知ってしまった以上、手放すことができなくなっていった。

薬物が欲しくて欲しくてたまらない欲求に、その後はいつも感情がからみ取られた。もちろん、引き返そうとした。だが、あの快楽を思い出すだけで、自分の意思とは関係なく、勝手に喉が渇き、勝手に脳が興奮し、薬が欲しいという欲望が勝手にむき出しになっていく。一度根付いた悪魔は、どう振り払おうとしても追いかけ続けた。武と母親、そして武の子どもたちを死に追いやったという負い目と絡まり合って、それは強烈な力で優を捕らえて放さなかった。

葛藤の末の数週間後、二度目も止められなかった。抵抗をやめ、快楽を覚えた脳に屈服すると、まとわりついて離れなかった毒の感情が、一瞬にしてさらさらの砂となって自分自身の中から外へ流れ出ていってくれたような「偽りの幸せ」に陥った。ポジティブな思考になり、新しい自分を生き直しているような感動に満ちあふれた。やればできるんだという、根拠のない自信だってわいてきた。

そもそも、生きる希望も野心も「幸せになりたい」という願いも、一切の何も持たずに逃げてきた優だ。心のスキを埋めるように薬物を使う頻度はみるみる高くなり、気づけば給与のほとんどを購入代に回し始めた。一回で二万円ほど。一回打つと、一日で効果が切れてしまう。三回分ぐらいを一度に購入するようになった。もはや優自身の手では止めることはできなくなっており、典型的な薬物依存の状態に陥っていた。

ある日のことだった。その日は仕事が早く終わり、午後四時頃、自室に帰宅していた。その日は給料日で、その月の給料は確か一六万円だった。銭湯に行って身体をさっぱりさせ、同僚三人で飲みに行き、優は酎ハイを一杯だけ飲み、寮の自室に改めて帰ってきていた。

ある雨の日

そのままその一日を終えればよかったが、気持ちがよい時ほど、あの感覚が無性に戻ってくる。給料も入ったことだし……。一度とりつかれた「依存症」は寄生虫のように、自身の身体の中に入ってきては、どうにも抜けようとしてくれない。自分の意思とは別に、脳が欲望に忠実になっていく。だめだと思っても、もう戻れない。引き返させてはくれなかった。

街に繰り出した。もう一度密売人に頼もうと思った。ただ当時は携帯電話もメールもない。午後七時頃に落ち合い、「シャブはないか」と懇願した。「今はないが、午前三時頃なら何とかなる」と望み有りげなことを言って、そのまま去った。

優は時間をつぶそうと待った。受け渡しの指定場所はかなり遠く、その日のうちに寮の自宅に帰る選択肢はなくなった。街の喧騒からずいぶん離れた落ち着いたレストランに入り、赤ワインのハーフボトルを一人で飲み干した。ちなみに、優はお酒が強い方ではない。優にとって、赤ワインのハーフボトルは、かなりの量を飲んだことを意味する。食事は確かナポリタンだったと思う。

赤ワインと赤いケチャップがたっぷりかかったナポリタン。妙に赤いテーブルだったのをおぼろげだが覚えているからだ。その明るい刺激的な赤い色に脳が興奮し始めて「まだか、まだか」と落ち着きがなくなり、ワクワクしているような感覚にも陥った。大量にお酒を飲んだのは、そういった感覚を抑え付けるためだった。相当量を飲んで脳を麻痺させてカモフラージュさせれば、薬物を欲する自分をごまかせるかもしれない。

やがて閉店時間となり、レストランを出た時は、午後一〇時を回っていた。その時に引き返せば、事件は回避できたはずだが、その選択肢はもはやなかった。その後、優はさらに和風居酒屋に入って待った。日本酒を一合飲み干した。ワインと日本酒の組み合わせは優にとっては自殺行為だったはずだ。そうやって感覚をだまし続けて、薬物を欲する衝動をなんとか抑えた。

でも本当は欲しくて欲しくてたまらない。また「まだか、まだか」と脳が騒ぐ。だんだん我慢できなくなる。しびれを切らして、居酒屋から密売人が働いていた職場に何度も電話した。「手に入ったら、この居酒屋に連絡して」と不自然なほど電話を繰り返した。もう優の頭は薬のことでいっぱいで、電話の前から立ち去れなくなっていた。

密売人から連絡があったのは午前二時だった。待ち合わせ場所に現れた優は、その密売人がたじろぐほど酔っていた。密売人からは〇・三グラムほどの覚醒剤をマッチ箱に入れて渡された。午前二時過ぎに何か受け渡しをしているのは、あまりよいことをしているとは連想させない。そもそも人通りもうないわけだが、不自然にならないように、立ち話中にたばこの火を貸すかのように、あえてマッチ箱に入れておいてくれたのだが、そんな密売人が利かせた機転も、泥酔状態の優には意味をなさない。酔って手元が震え、マッチ箱を不注意で道に落としてしまう始末だった。ここから足がついたら元も子もない。薬の受け渡し場所に長居は無用というかのように、お金だけ受け取ると、密売人は足早に立ち去っていった。

すでに酩酊状態の優は、待ちに待った薬を手に入れ、千鳥足《ちどりあし》で周囲をさまよった。生き場所を探していたのか、死に場所を探していたのか。もはやその境界線はおぼろげで、どちらに転べばいいのかもわからなかった。もちろん、そんなたいそうなものではなく、たぶん何だかよくわからない状態のまま、薬を打てる場所を探して周辺をよろよろと歩いていただけだった。どこを歩いているのかもわからないまま、あてもなくさまよった。

おぼろげに覚えていたのは、雨が降っていたことだった。天から地面に降り注ぐ雨水が、道路脇の排水溝へと次々に吸い込まれていった。優はじっと地上に到着した雨の行く末を見ていた。何だってそんなに降り注ぐ雨が気になったのかも覚えていないが、もう一度天から降り立って人生をやり直したいような気持ちにも駆られた。

優は、思わず天を仰いだ。何だか涙がこぼれた。もう勘弁してほしい。許してほしい。そんな思いだった。もう何者も自分を追いかけてこないでほしい。何もできなかった自分を責めないでやってほしい。生きていることがこの上なく苦しい。もうこの辺で、人生を閉じさせてもらったら、それはいけないことだろうか。もうそろそろこの全てを、終わらせてはいけないだろうか。

武――。久しぶりに、その名の響きを胸の中で、何度も反芻した。今となっては何だか懐かしいような、その名を。真っ先に許しを乞う相手は、武だったからだ。

その夜、雨降る街を徘徊しながら、何度も何度も優は武に許しを乞うた。「ひどい言い方してごめんなさい。怒鳴ったりしてごめんなさい。もう一度戻ってきてほしい。武、お母さん」

その時はきた

二人を殺《あや》めて……

現場となった街は今、どうなっているのか。その場所に行ってみると、すでに辺り一帯の土地は整備され、駐車場になっていた。周辺は隠れ家的なおしゃれな喫茶店も建ち並び、多くの若者たちが訪れていた。笑い声が飛び交い、腕を組んで歩く二人組みや、友人同士が楽しい時間を過ごしていた。かつてその場所で凄惨な事件があったことを知る人はいないという様相だった。と、いうことであっても、その事実が消えることは永遠にない。何の罪も落ち度もない二人の命が消えたことには変わりはないからだ。

今から四〇年ほど前、優はその場所で雨に打たれていた。頬をぶたれているような、たたきつけるような、そんな土砂降りの雨だったと、優はぼんやりと記憶している。

それ以外は、そもそも覚醒剤を購入できたのかも優にとっては怪しいほどの記憶しかなかった。優は居酒屋で日本酒を飲んだことは覚えているが、その後の記憶がほぼ抜け落ちていた。購入した覚醒剤をその場で打ったかについてはなおさらだった。とにかく酩酊状態だった優は、記憶の大半があてにならなかった。改めて、薬物の依存性の強さと怖さが突きつけられる。人間の感情を麻痺させ、ドミノのように身体を次々と壊してむしばんでいく薬物の破壊性を恐ろしく思う。今であれば、張り巡らされた防犯カメラを全て洗い出すことで、カメラという「目撃者」が、優が失った記憶の大半を簡単に埋めてくれるのだろうが、当時はそういった代物はまだ生まれていない。

優がなぜその建物に入ったのかはわからない。夜更けにもかかわらず電気がついていたからだったかもしれない。が、とにかくその店舗に侵入したようだった。隣の建物が工事中で、その店舗の二階近くまで資材が積み上がっており、それによじ登るかたちで、無施錠だった二階から侵入したとみられる。ご丁寧に靴を脱いで。中に入ると、女性従業員らが残っていた。終電もなく、朝になったら帰ろうとでも思っていたのか、休憩室で仮眠を取っていたようだった。そんな場所に優は現れた。一人の女性に気づかれ、「キャー」と大きな声を出された。優は彼女の口をふさぎ、「静かにしろ」と繰り返したのかもしれない。実はこの時、優は上半身裸だった。下着のシャツと白いワイシャツはなぜか、店の中で脱いでしまっていたようだった。雨に打たれ、乾かすつもりだったのか……。

とにかく、脱いだ目的はわからない。確かに、夜明け前の店舗に上半身裸の見知らぬ男が突っ立っていたとすれば、性別にかかわらず、かなりの確率で悲鳴を上げる人は多いだろう。一方、優だって、自分がなぜ、ここにいて上半身裸のままなのかわからなかった。目の前には殺されかけていると言わんばかりの形相で、優に怯える女性がいただけだった。

警察の見立てでは、優は強姦目的でその店舗に侵入し、目的を遂げやすいように上半身の服を脱いで犯行に及んだ、としている。だが、そもそも強姦目的の男がご丁寧に上半身の衣類を脱いだ上で、行為に及ぶかははなはだ疑わしい。もしそんな目的があったとしても、服を着ていても、その目的はきっと十分遂げられる。

事件現場はそんな説明がつかないことばかり。捜査本部が立ったものの、捜査員のあいだでも「怪死案件」と呼ばれるほど、ミステリー小説さながら謎解きのような事件になった。

死因は首を絞められたことによる窒息死だった。優は怯えた表情の女性を前に、近くにあったタオルのようなものを首に巻き、小さく息を吸って八分休符の「間」の後、思いっきり左右に引っ張り、必死にその表情を消そうとしたとみられる。何分経ったのだろうか。優がゆっくりと腕の力を抜くと、女性はぴくりとも動かなくなっていた。息はしておらず、呼びかけても何の反応もなかった。怯えた表情が、今度は優に乗り移った。

「どうなっているんだ。俺は何をしているんだ」。

覚醒剤の影響か飲酒の影響か、意識障害があったことはもちろんだが、恐ろしいことに、自分の行動を自分で止めることができなくなっていた。ブレーキのない自動車が坂道を転がり落ちるような感覚に近かった。記憶もあいまいなままだ。そしてこの日は、覚醒剤を打っていたとしても、飲酒した後だったからか、いつものような爽快感に似た気持ちよさは全くなかった。怖くて、怖くて、怖くて、たまらなくなった。一体自分がどうしてここにいるのか、何をしているのかがわからない。

バンっ。扉を開け、逃げ出そうとした。だが、物音を聞いて駆けつけたほかの従業員と鉢合わせしてしまった。優の鬼のような形相を見て、鉢合わせた相手もまた「ギャー」と悲鳴を上げた。優の顔はきっと一見にして、狂気とわかる表情だったに違いない。優に背を向けきびすを返そうとした瞬間、優はものすごい力で後ろから首を捉えて押し倒した。顔を見られた以上、生きて帰すわけにはいかないとでもいうように。

相手を押し倒すと、馬乗りになり再び八分休符の「間」の後、「っん」とさっきにもまして思いっきり両手に力を込めていた。今陥っている恐怖感、ずっと自分にまとわりついてきたやるせない感覚、その全ての感情から逃げ出すためで、ためらいも何もなかった。とにかく、渾身の力を腕に込めていた。何分かして、恐る恐る手の力を緩めてみた。相手の様子をうかがうように手をゆっくりと相手の肌から離していく。こちらもまた、ぴくりとも動かなかった。数分前まで自由に動かしていたであろう手足が物体として胴体にぶら下がっているだけだった。あんなに優しかった優が、鬼となってあっけなく二人の命を奪った。五分も経っていなかっただろう。薬物と飲酒の影響があったとしても、越えてはならない一線を越えた瞬間だった。

全部消したい。今度は、そんな衝動に駆られていたのであろうか。近くにあった紙切れを燃やして火を付け、その火の塊をベッドに放り投げた。すぐに煙がもくもくと部屋の中で充満し始めるのを見届けると、その場から一目散に逃げようと走った。

支離滅裂な状態だったとしても、本能的にとにかく「ここにいてはいけない」ということだけはわかった。優はその店を飛び出した。進入した二階窓近くに脱ぎ捨てた服や靴を拾い集め、走りながら着て、靴を履いて逃げた。

消防車とパトカーのサイレンが少しずつ近づいてきたが、うまく足が前に動かない。右足も左足も言うことをきいてくれなくなっていた。足をまっすぐ前に出そうにも、うまく膝も曲がらない状態で、つんのめるように、手足もバラバラな動きの状態で逃げに逃げた。今の時代、きっと最新の二足歩行ロボットの方がもう少し人間的な関節の曲げ伸ばしができるのではないかというほど、優の動きは変だった。

どれぐらい走ったか、どこに逃げてきたのか。そもそもここはどこなのか、全くわからなかった。まずは、この状態から早く抜け出したかった。極限的に疲れ果てており、身勝手ながら、どこかで眠りたい思いもあった。隣町まで電車で移動し、たまたま目に入った旅館で、泥のように眠ってしまった。

何をしたのかわからない

目を覚ますと、太陽はすでに沈みかけていた。ずんと重く響くように頭が痛い。そして異様に水を欲した。動物のようにがぶがぶと何リットルも、尋常じゃないほど水道水を飲んだ。覚醒剤を使用した後の典型症状だった。目覚めていくとともに薬物の支配から次第に抜けていった。心臓の鼓動や脈拍が元に戻っていくのがわかった。何があったのだろう。人生で最も目覚めが悪かった。優は冷静になって考え始めた。「昨晩、俺は一体、何をしていたんだろう」。不安だけが増幅していった。

落ち着いて思い出してみよう。昨日は、初めて入ったイタリアンの店で、確かワインとナポリタンを食べた。赤いケチャップと赤ワインという明るく映える色合いを覚えていたからだ。その後、居酒屋で日本酒を何合か飲んだ。そして、夜も更けた頃、密売人に会えた……と思う。ズボンのポケットに無造作に手を突っ込んでみると、小さなマッチ箱が指先に当たった。ポケットに雑に押し入れられていたその中の薬には使用した跡もあり、購入した覚醒剤の残りが入っていた。

確かに薬を受け取っていたんだ。ここまではなんとなく説明がついたが、その後はすっぽり記憶が抜け落ちている。ただ、とんでもなく嫌な胸騒ぎはして、何か通常では考えられないことをしてしまったかもしれない感覚だけは残っていた。

人を殺した、殺したかもしれない——。夢であってほしいと心から願った。夢だったはずだと、懸命に言い聞かせようともした。妙に残る誰かの首を絞めたような手のひらの柔らかい感覚、妙にまぶたに残る女性の形相、どう思い返しても今にも何者かに殺されそうな恐怖の表情だった。そして耳に留まったままの悲鳴……。夢にしてはリアルすぎる感覚だった。

一人目の殺害、二人目の殺害、火まで付けたのだろうか……。時間が経てば経つほど、薬が抜ければ抜けるほど、記憶と感覚が少しずつよみがえっていった。後から後からそこはかとなく恐怖が押し寄せてくる。楽観的な見立ての影はみるみるうちに、その強烈な現実感に押し戻され、しぼんでいった。

どうにも我慢できなくなり、近くのたばこ屋に新聞を買いに走った。真実を知りたいとの思いで社会面をぱっと広げてみる。昨晩、優が食事をしていた場所の近くで、二人の殺害事件と放火未遂事件が起きていたことを伝えていた。ぞっと寒気がした。こんな犯罪を、俺がやったのか。しかし、出頭しようにも、どうしたらいいかわからなかった。

「人を殺したのかもしれません」「詳細は覚えていませんが、火を付けたのかもしれません」「ただ、もしかしたら誰も殺していなくて、悪い夢かもしれません」。覚えていない犯行を自供するために出頭する。警察は優の訴えをしっかり聞き入れてくれるだろうか。ただ、捜査本部も立ち、もし事実とすれば、逮捕までは時間の問題であることはなんとなくわかった。

半信半疑のまま絶望感しかなかった。事件の被害者になるということが、どんなに苦しいことか最もわかっていたはずの優だった。殺された本人だけでなく、その周辺の家族全ての人生を大きく狂わせると、身をもって知っていたはずだった。家族にも生きる苦しみを味わわせ、二度と元には戻れない苦痛を与えてしまう。

自然と、武の顔が浮かんだ。そして、兄の死をきっかけに体調を崩し、後を追うように亡くなった母の姿も目頭に浮かんだ。武が残した二人の子どもたちの幼い声も耳にこだました。自分が大切にしていたものを次々に失い、もう引き返せないほど、どん底な思いの中で、なんとかこの街で、息だけはして生きてきたのに。これからもそうして生きていくはずだったのに。金銭的な余裕はなかったけれど、一日を食べるぐらいの稼ぎはあった。こんな自分と交際してくれる彼女だっていたのに。当時、苦しいのは優だけじゃなかったはずなのに。

そういったことを全てご破算にし、今度は自分が奪う側に回った、回ったかもしれなかった。確たる証拠はなくても、被害者から加害者に転じたという事実はいずれ受け入れざるをえないことのように思えてならなかった。

北の大地に暮らす父親に、連絡なんて到底できなかった。弟にも迷惑をかけられない。今度ばかりは連絡できない。

青木ヶ原にて

気づけば、優は電車に乗っていた。遠いどこかに行こうとしていたようだった。そこからバスを何本も乗り継いで、山梨の青木ヶ原に向かった。途中で、カミソリと日本酒ワンカップ三個を購入。一度入ったら、もう二度と出てくることはできないと当時言われていた富士山の樹海だ。死に場所をそこにしたのは、確実に成功する場所だと信じたからだった。もう二度と戻ってくることはないし、戻ってきてはいけないし、戻りたくなかった。できればもっと早くこうしていなければならなかった。

その日は因果なことに大変天気のいい行楽日和。バスの中はひとめ富士山を見ようとする観光客でごった返した。沈痛な面持ちの優の近くで、楽しげにはしゃぐ旅行者たちがいた。写真撮影をしたり、談笑に花を咲かせたり。母親ぐらいの世代の一行も多かった。

「母親も健康に生きていたら、こうやって友だち同士で旅行に行ったり、笑い合ったりする日があったんだろうか」。そんなことをふと思ったりする。急に母親に会いたくなって涙があふれた。やっぱり俺はもうだめだった。生きられなかった。

樹海の中に入って二日ほど、飲まず食わずでさまよった。そしてカミソリで手首を何度も何度も切ったが、その傷は浅く、そうこうしていると、血はすぐに固まった。

それならば、血が固まらないように水に流しながらすればいいと、今度は水場を探して試みたが見つからない。そして、どうしても傷口は浅いままでためらい傷ばかりが残った。今度は、紐状のものが何かないか辺りを歩いて探したが、どうにも見つからない。周囲は腐った木の枝ぐらいしかなく、優の身体を支えられそうな強力な枝は簡単には見つからなかった。そして、そうこうしているうちに二日が経ってしまっていた。

夜が明けて樹海に入って三日目。何も食べておらず、おなかが減っているはずなのに、減っているという気持ちさえ浮かんでこない。このままでは死ぬことができないのか。焦りに似た思いも覆い被さってきたが、どうすることもできなかった。

結局、優は自分の命を奪えなかった。失意のままに樹海から出ると、目の前に小さな交番があり、そこに恐る恐る入っていった。田舎の交番といった感じで、警察官が一人で勤務していた。人のよさそうな、地域に溶け込んでいそうな警察官だった。

優は状況をとつとつと説明した。

「死のうと思ったけれど、死ねませんでした」。よく戻ってきたね、というような言葉をかけられた後、「なんで死にたくなったの」と聞かれたが、優はうまく話せなかった。話していいのか、話す勇気さえも持ち合わせていなかった。左手は固まった血で、赤黒く染まっている。交番から救急車を呼んでもらい、病院に向かった。そして病院から連絡を受けた弟が迎えにきてくれた。

「全然帰ってこないから心配していたよ。どうしたの？　大丈夫？」。何も知らない弟は無邪気にそう言って、肩を軽くたたいた。家族としてかける当然の言葉だった。

後になってわかるのだが、今回の優の事件について、警察は当初、被害者への怨恨との見立てで捜査を始めていた。売上金に全く手を付けていないことや、現場の状況から強い殺意を感じられたからのようだった。亡くなった被害者と知人とのあいだに金銭トラブルがあり、その知人の犯行との線を立て、周辺捜査が始まっていた。

だが、まもなく「その線」は暗礁に乗り上げていく。捜査を洗い直した結果、浮上したのが、犯行から数日経った後、自殺未遂をして交番に助けを求めた優の存在だった。理由は自殺の動機が不明であることだった。自殺が未遂に終わって交番に駆け込む人はきっと優だけではなくほかにもいるだろう。もちろん、自殺未遂の理由を語りたがらない、そんな人も多いだろう。あの時、あの人のよさそうな警察官が感じた「第六感」が、優のただならぬ異変を警察官として見抜いていたのかもしれない。

また、犯行があった前日からこの自殺に至るまでの一切の優の足取りがつかめず、裏付けが取れなかったことも大きかった。関東に来たての頃、酔っ払いに絡まれて、いざこざに巻き込まれた時に取られていた指紋と現場の指紋も一致したようだった。優は一気に重要参考人に浮上していった。

そんなことが起きていると夢にも思わない優はその後、治療と称してしばらく仕事を休み、その後、これまで過ごした街を去り、遠く離れたキャバレーで人知れず働き始めた。逃げも隠れもしたつもりはなかったが、無断欠勤が続いた手前、元の職場に戻りづらくなったからという理由もあった。

このまま何ごともなかったように、また人生が始まっていくのだろうか。いや、そんなことはないはずだ。二人の命を奪ったかもしれないのだ。きっといつか天罰は下る。そう思い始めた矢先だった。

逮捕へ

所持金は五一円だった

月日は流れたが、それ以外に変わったことは特段何もなかった。人知れずキャバレーで働く毎日を優は過ごしていた。

一方で、警察署に設置された捜査本部では、捜査が大詰めを迎えていた。優の足取りの対象を少しずつ広げながら、「その時」を待った。状況証拠はあるものの、逮捕の決め手はなく、被害者との接点もないことから、任意で事情を聞く必要があったからだ。

ある日、捜査本部に緊張が走った。街中を歩いて仕事場に向かっていた優らしき人物を発見、との一報がもたらされたからだった。警察が思い描いた通り、まずは優を任意同行させる必要がある。数人がかりで取り囲んだ。

「優さんですね。警察です。私たちが来た理由、ご存じでしょうか」

「……」

「署までご同行願えますか」

「……はい」

逃げ出すこともなく、抵抗することもなく、数分立ち話をしただけで、そのまま警察車両に乗り込んだ。警察側も拍子抜けするほど優は素直に応じた。

その後、優の話から身柄を確保する必要が生じ、逮捕状が取られ、優は殺人や現住建造物等放火未遂などの容疑で逮捕された。事件から四カ月ほどが経過していた。

「何かほっとしたようなところがあった」。優は当時をそう振り返る。積極的に遠くに逃亡することもできたはずだが、事件の概要が自分自身も全くわからない。確証もないのに、どうすることもできず、夢であってほしいとの思いで、ひとまず立ち止まることしかできなかった。ただ、警察に逮捕され、自分でも記憶にない事実を明らかにしてくれるかもしれない。何だかおかしな話だが、そういった思いからも、冒頭のような「ほっと」した気持ちになったのかもしれなかった。

当然ながら逮捕という一切の自由が拘束される現実に「終わった……」という絶望感にも包まれた。もう二度と自由を感じることはできなくなるかもしれない。食べたい物を食べる自由も、誰かに会いにいく自由も、家族を持つ自由も全てなくなる。もちろん、故郷に帰ることもできないだろう。父親の不自由な足をさすってやることも、武や母の墓参りをすることも永遠にかなわないかもしれない。

父親はこの事実を聞いたらなんて思うだろう。残された弟たちや兄さんらにどれだけ迷惑をかけるだろう。あんなに苦しかった犯罪被害者になるという事実を、今度は自分がこの世界の誰かに強いていく。どれだけの人を悲しませるというのか。救われたいという思いはみじんもなかった。むしろ極刑に違いないとさえ思っていた。

覚悟はできていた一方で、不安もあった。それは優が、事件のことに関する記憶が極めて乏しいことだった。紙芝居のような断片的な絵図しか覚えていない。そこにストーリー性は伴わなかった。どれだけ真実をちゃんと話せるだろう。証明できるだろう。漠然とした不安も大きかった。

事件の被害は甚大だった。建物への放火による被害は十数万円程度だったが、二人が亡くなったことによる風評被害は甚大で、結果として店舗への客足は遠のき、優が逮捕される一カ月前に倒産した。亡くなった被害者への葬儀費用の立て替えなど、重い実害ものしかかっていた。その日食べるだけで精一杯だった生活。逮捕時の所持金はわずか五一円だった優に、金銭的に償えるものは何もなかった。

犯行を思い出せない

取り調べが始まった。四〇代か五〇代か。長兄と同じぐらいの年齢だろうか。取調官とのやりとりは苦しいものだった。「自分の罪にふさわしい刑に素直に従いたい。ただ思い出せない……」。その苦悩から抜け出せなかった。

どうやって覚醒剤を打ったのか、どうやって現場にたどり着いたのか、どうやって侵入したのか、どうやって殺害したのか、どうやって逃げたのか。何の説明もできないまま、警察が次々と突きつけてくる証拠に、愕然とすることもあった。

刑事　「降っていた雨水を使って覚醒剤水溶液を作って打ったんだよな」

優「確かに雨は降っていた。ただ、そんなやり方は聞いたことがない……」
刑事「のぞき見をしようとして店舗に入ったんだよな」
優「指紋があるなら店舗に入ったんだと思うが、のぞきの趣味はこれまで一切ない」
刑事「強姦しやすいから上半身の衣服を脱いだんだよな」
優「強姦って……彼女もいるのに俺が、ですか？」

「本当にこんなことをぼくがしたのでしょうか」と優は何度も何度も担当刑事に聞き直した。夢と現実の狭間のような所に、どうにもはまってしまって抜け出せない状態だった。記憶に残るあいまいさとは裏腹に、突きつけられていくその衝撃的な出来事に、自分のどこにそんなことをなしえる何かがあったのか、自分で自分が不思議でならなかった。取り調べは一向に進まず、難航を極めた。

ある時、警察官に数枚の写真を見せられた。今思えば、なかなか腹を割らないとみられた優への懐柔策だったのかもしれない。ただ優は、腹を割らないのではなく、割る記憶がなかったのだが、それは捜査機関側には最後までなかなか信じてもらえなかった。

写真の中には、故郷の写真も何枚かあった。どれも懐かしいものばかりだった。小学校や中学校の校舎も写っていた。何も変わっていなかった。算数が得意で、みんなで集団登校しながら通った学び舎だ。アイヌ民族だったり、頭部のアレルギー疾患でいじめられたりしたこともあったが、今では総じていい思い出だと思っていた。特に中学校時代、砂浜でしてくれた送別会での夕日は、優の眼に未だに鮮やかによみがえらせることができた。

自宅周辺の写真もあった。老朽化した路線のレールも写っており、今にも波音が聞こえてきそうな海岸線沿いの写真だった。あんなに嫌だった見慣れた故郷が愛おしい光景に変わっていた。優という人間性を形作った、忘れもしない故郷の原風景だった。

そして最後の一枚の写真に釘付けになった。家族写真だった。父親を中央に長男の家族が取り囲んでいた。姪っ子、甥っ子も写っており、少し背が伸びた印象だった。

優の身の上や経歴、家族の現状を調べるため、警察官が優の故郷に赴き、調べたのだろう。写真の表情はみなこわばっており、誰一人として笑っていなかった。それもそうだろう。遠くからはるばる刑事が来て、優のことをあれやこれやと聞いていく。記念撮影をと言われたって、笑えるはずがない。戸惑いを含んだ困惑した表情の家族写真だった。

もう二度と会うことはないであろう家族、もう一生足を踏み入れることはできないであろう故郷の写真を前に、自然とこうべが垂れた。涙が机にぽたぽた、ぽたぽたと落ちて水玉を作っていく。

「親父さんも高齢になってきているみたいだからね。君が家を出た後は、長男夫婦が面倒を見てくれているそうだよ」と、刑事がこっそり教えてくれた。

何だか拍子抜けした。あの仲違いして喧嘩ばかりだった長男が、親父の面倒を……。驚きも含んでいた。あれだけ嫌がっていたのに、年齢を重ねると、人の感情もまた年を取っていくのだろうか。写真に写った長男はどこか親父に似てきていて、長男として家を守っていくという責任みたいなものも重なってみえた。「俺がいなくても、もう大丈夫なんだな」。よくわからない安堵の思いもあった。

「その写真、あげるよ」。取調官の刑事が唐突に、そう軽く言った。今、そんなことをすれば、取り調べを有利にするための利益供与だとして弁護士がすっ飛んでくる事態になるかもしれないが、かつての被疑者は刑事からカツ丼を食べさせてもらうような時代。そういう流れになってもおかしくなかった。

優は今でも取調室でもらったその写真を大切に持っている。故郷が写った唯一の写真だからだ。優自身は写っていないが、皮肉にも唯一の家族写真になった。

警察の取り調べでは、調書に納得いかず、突き返したことも何度もあった。調書には、優の記憶があいまいだという点が一切書かれていなかったからだ。まるで決定事項のように、犯行現場まで歩いた足取りが何の迷いもなく、はっきりしゃべっているかのように書かれていた。ストーリー化するしかなかったようだが、どうやっても、犯行現場までの道のりを理路整然とは話せない。抵抗しなければならない場面では徹底的に抵抗した。弁護士は当時ついていなかったという。

人間の記憶とは不思議なもので、毎日毎日同じ場面を想像し、毎日毎日同じ人と同じやりとりをしていると、本当はなかったことでも、あったことのように脳が認識し始めているような錯覚も出てきた。刑事も正確な供述が得られず苦しんでいたのは伝わった。まるで、調書を作るための共同作業をしている「チーム」のような心持ちになることもあった。優の「罪を償わなければならない」といった思いが、説明責任という献身さに変わりそうになることもあったという。

七転八倒の末、まもなく調書はできあがり、優は起訴された。

ただ、唯一かたくなに答えなかったことがある。武の存在だった。武は調書に「事故死」と書かれているだけだ。母親も「病死」とだけあった。もちろん、間違いではない。

武の死や、後を追うように逝った母親の死、そして、武の子どもたちの相次ぐ死……。そういった度重なる不幸が優を追い詰め、薬物依存へと入り込んでいった事実はまるで描かれなかった。

「言う必要はなかった。というより、ここでは絶対に言わないと決めていた。確かにそれが原因で上京し、自暴自棄になり、薬物に溺れていった。でも、その弱さと、被害者を殺害してしまった事実とは関係ない。そのことを訴えれば、この期に及んでまるで言い訳をしているようにも映る。それは絶対に嫌だったから」と優。起訴から三カ月後、裁判が始まったが、以後、長きにわたる公判のあいだでも武の存在は一切、明らかにされず、争点にもならなかった。

相変わらず国選弁護人はまだ決まっていなかった。まもなく裁判が始まってしまう。そんな頃だった。

裁判での攻防

国選弁護人

宮本智《さとみ》は、その日も意気揚々な気分で国選カウンターの前を通りかかった。当時三三歳。胸元のひまわりはまだ金色の輝きを保ち、正義感と希望に満ちた、駆け出しの若き弁護士だった。宮本は大学卒業後、いったん社会人として働いたものの、弁護士になる夢をあきらめきれず、三〇歳直前で司法試験に合格した苦労人だ。

「先生、時にはこういう大きな事件も取らないと」

弁護士会館で顔なじみの男性職員にそんな声をかけられて、宮本はゆっくりと立ち止まった。そういう時は決まって、「楽な」事件ではないことも宮本にはよくわかっていた。

当時、弁護士会館の事務所は村役場の窓口のようになっており、その受付カウンターには国選弁護事件の起訴状が自由に取れるようにずらりと並んでいた。「本業」に時間を割きたい弁護士は、交通事故など在宅起訴されたような接見に赴く必要のない、負担が少ない「楽な」事件を我先にと持っていってしまう。後に残されるのは、一筋縄ではいかないケースばかり。

「今は国選弁護が生活の足しになっている弁護士もいるだろうが、昔はそういった雰囲気ではなかった。弁護士も少なくてみんな忙しくてね、殺人事件など手のかかる国選弁護事件は誰もやりたがらなかった」と宮本は回想する。優の起訴状もそんな最後まで引き取り手のなかった事件の一つだった。

起訴状には殺人、覚醒剤、強姦、住居侵入、現住建造物等放火未遂……。数々の重大罪名が盛り込まれた事件に気が引き締まった。

「二人も命を奪ったか……」。優の歩んできた人生の背景が気になった。アイヌ民族か……。兄弟も多く、雄大な北の大地で育ってきて、なぜこんな事件を起こしてしまったのだろう。そんな疑問が次々と浮かんだ。

そもそも宮本が弁護士を志したのは、アメリカの法廷弁護人が活躍する推理シリーズドラマ『ペリー・メイスン』の影響だった。難事件を次々に無罪にしていく法廷ドラマだ。団塊世代の宮本はこのドラマが大好きで、そのおかげで「夢は弁護士」と定まったほど。早稲田大学法学部に入学した後は司法試験受験クラブ「緑法会」に入って胸膨らませた。司法試験の突破には少し廻り道したが、弁護士として難事件であればあるほど闘志が湧き、そして燃えた。当時はまだ若く、時間もずいぶん割けた。

「私がやります。引き受けます」

刑事弁護へのやりがいも感じていた宮本は、男性職員から優の起訴状をしっかり受け取った。四〇年近くも前のことだが、拘置所へ初めて優に面会に行った時のことは今でもよく覚えている。

「雰囲気が大変重くてね。北の大地の厳しい気象条件を身体で体現しているような雰囲気で。言い訳は全くなく、常にうつむき加減。何か特別に印象的な言葉を交わしたわけではないが、真面目な人柄がよく伝わった。弁護人としては、正直に語ってもらえないと弁護できない。信頼関係を築けそうな好感を持てた。凶悪犯といった雰囲気も乏しく、起訴状に書かれている罪状の被告人像とはまるで違うなというのが第一印象だった」。

その後も拘置所に何度も通い、話せば話すほど、宮本は「なんとかしなくちゃいけない。なんとかしたい、なんとか極刑を回避しなければならない事件だと感じた」という。その理由は、「事件時の記憶がない、と語っていたことだった。罪から逃れたくて言い逃れしようとしているのではなく、本当に覚えていないんだと、話を聞けば聞くほど伝わった」

有期刑に持っていければいいが、さすがに二人の命を奪ったとなると、そのハードルは低くはない。裁判では「心神耗弱」を主張、立証することができれば一縷《いちる》の望みはあると、宮本は法廷闘争の筋道をそう立てていた。

「優さんは、犯行時に何を自分がしたのか覚えていない部分もたくさんあった。なぜ自分がここにいるのか、この状況を飲み込みきれていない部分が多分にあった。被告は正当に裁かれる権利がある。極刑回避の弁護が必要な事件だ。全身全霊を打ち込んで取り組むべきだと強く感じましたよね」と宮本は振り返る。

その後、公判を重ねていったが、宮本の狙い通り、焦点は次第に犯行時に正常な判断ができる状態だったか否かという、犯行時の刑事責任能力の程度に絞られていった。

繰り返される精神鑑定

そんな中で、裁判所は二人の精神科医に精神鑑定を依頼した。当時は若い精神科医だが、どちらも後々に日本犯罪学会や精神鑑定などの分野でこの国の第一人者となっていく人物だ。一人は脳波検査や、内田クレペリン精神作業検査、PFスタディなどの心理検査に加えて、アルコールの酔い方について探る飲酒試験など一二一日間調べた。その後、五カ月の期間をあけ、別のもう一人が、一七三日に及ぶ精神鑑定を実施した。二人目も飲酒試験を実施し、酩酊状態を細かく分類。供述の信憑性にも踏み込むなど分析していった。

現在では約二カ月とされる精神鑑定。その精神鑑定に一年以上を費やしたということで、現在では考えられないほど異例の長さの精神鑑定だったということになる。

どちらの精神科医も最も注力を注いだ飲酒試験では、犯行当時の酩酊状態をなるべく再現させることが必要だった。全くの同一条件を作り出すことは困難なため、完全な犯行当時の状況を再現することの難しさはあったが、それでも近づけることはできる。

用意されたのは、清酒「八重梅」のワンカップ（一合）を五～六合程度。一人目の精神鑑定での飲酒試験は、これを自由なスピードで飲んでもらい、様子を観察しつつ、三〇分から一時間間隔で採血し、血中アルコール濃度を検査していった。

最初は緊張していたのか、優はほとんど飲もうとしなかった。飲酒には苦い思い出があり、あの事件から飲んでいなかった。抵抗はかなりあったが、これは飲まなければならないものだと促され、コップを手に取った。開始から一〇分程度経過した時に、犯行時のことを聞くと、「のぞきの趣味はない」などとぽつりぽつりと否定すべきところはするようになった。二〇分もすると、よくしゃべるようになり、お酒も進んできた。

優も語っている通り、お酒はかなり弱い方だ。三〇分もすると、「少し酔ったようだ。腹が焼ける」と言い、少し紅潮した様子になっていった。たばこも許し、キャバレー時代のことや故郷の漁業の話で盛り上がる。

一時間もすると、口がかなり軽くなっていく。お酒は弱いはずなのだが、「高校二年の時、列車内で友人とウイスキーのラッパ飲みをして倒れてしまった」などの「武勇伝」も語り出した。二時間も経つと、飲むことを忘れ、ひたすら話すようになる。田中角栄の話をずっとしているなど、管を巻き出した。そして三時間も経つと、「片足立ち」ができなくなり、嘔吐。飲酒試験を停止しようとしたが、「もっと飲みたい」と優の歯止めは利かなくなった。

その後も試験は続行されたが、「死刑でもいいよ」「聞いてくれ、わかってくれ」などと破れかぶれの状況に。二度目の嘔吐があり、すぐさま試験は終了した。最後の採血をした後、何度も繰り返し訴えていたのは「母の所にいきたい」。その一点だけに絞られていた。

翌々日に何を話したのか優に聞くと、「だいたい覚えている。記憶の欠損はない」と言ったものの、細かい部分を尋ねていくと、母親のことを話した記憶がないなど、酩酊状態、もしくは泥酔状態。鑑定書に添えられた言葉は「覚醒剤を注射した以後のことで記憶の欠損ないし不良なところがある。鑑定人の印象としては被告人の陳述は若干の差はあるが、その陳述には一貫性があり、信じることができるものと思われた」。弁護人宮本の印象と同じだった。

その後、こう結論付けた。

「本件犯行で重要なのはアルコールと覚醒剤の併用ということである。両者の併用で意識障害を生じたと考えられる。犯行の動機には了解できるところもあり、限定責任能力の段階にあるのではないかと思われる。しかしあくまでも参考意見であることを断っておく」

もう一人の鑑定医も、実際にお酒を飲ませて調べた。前者と変わったことといえば、前回の鑑定は朝食抜きで行ったのに対し、今回は朝食を食べた後におこなわれたということ。そして前回は清酒のみだったのが、今回は清酒とワインという犯行時と似たアルコールの組み合わせで実施した。

やはり一回目より二回目か。最初の時に比べて、優が特に緊張している様子もなく、優は最初からグビグビ飲んでいった。前回はただ観察するという手法が採られたが、今回は飲みながら事件のことを聞いていく手法が採られた。

一時間ほどすると、苦しそうに犯行を振り返った。「犯行を起こして何かを殺めた意識はあるんですよね、ただ夢かどうかという感じでね。新聞見て落ち込みましてね」「自殺をしなければならないって。とにかく死ななきゃという意識が強かったですね」

二時間後はかなりアルコールが回ったのか、故郷の話などをするように。多くは漁師として働いていた頃の話だった。「ずっと漁師でした。世の中は正しいことはないという感じでね、流れるままという感じで生きていましたね。自分の人生をそこでだめにしたんだと思います」。

酔いが回る中で、懸命に言葉を絞り出そうとする。

三時間も経つと、川端康成の話や西田幾多郎の哲学の話にも移っていく。「永田洋子は可哀想だね、（永山）則夫は無知の涙だね」などという話も。その後、睡魔が襲ったのか、そのまま寝てしまい、試験は終わった。

二人目の鑑定医は酩酊状態にもさまざまな種類があり、単純なものと、病的なもの、複雑なものなどがあるとし、考察を加えていった。病的なものは精神疾患に伴う妄想などを指しているが、単純酩酊と複雑酩酊は飲酒の量によって変わるとし、優の犯行時の酩酊状態は「複雑酩酊だった」とした。そして総括はこう続く。「病的酩酊の状態であれば心神喪失の状態に相当するが、複雑酩酊の状態は心神耗弱の状態に相当する」。つまり、宮本の狙い通り、優は犯行時、「心神耗弱の状態だった」という結論を導き出していった。

そして、警察での供述内容と、検察での供述内容、そして今回の鑑定人がおこなった際に話した内容を、それぞれ見比べ、供述の違いを分析した。すると犯行前に飲んだ酎ハイの量がそれぞれ違っていたり、その犯行場所にどうたどり着いたりしたのかの記憶があいまいで、三者三様の答え方をしており、記憶を欠いていることなどが導き出されていった。そして「飲酒に加えて、覚醒剤を打って以降、記憶の障害が出たり粗暴な行動が現れてきたりして、複雑酩酊に近い状態になったと考えると、覚醒剤の影響があったとみるのが妥当だろう」と念押しした。

焦ったのは検察側だった。起訴状でも公判でも検察側は「シャブを注射したあと、セックスをやりたいという気持ちが強く、（中略）、建物に入って強姦してやろうという気になった」と、あくまで強姦目的だったことを強調。二人の鑑定結果を「問題がある」とはねのけた。

宮本は振り返る。「当時はあまり研究もされていない分野だった。お酒って飲みすぎると眠ってしまったりする。身体の状態を穏やかにするマイナスのエネルギーが働くのだとされていた。でも、覚醒剤って、まさに覚醒させるわけだから、プラスのエネルギーが働く。だから、飲酒した時に覚醒剤を打っても、プラスマイナスゼロで、効き目がないとか弱まるのではないかと考えられていた。しかし、実験をするとそうではなくて、飲酒している時に覚醒剤を打つと、さらなる意識障害を起こすことがわかった。より破壊的な人間を生み出す、ということが証明されたということだった」。一方で、安堵感はまるでなかった。「精神鑑定はそう結論付けていても、判決を出すのは裁判官。開けてみるまで全くわからない、そんな状態でした」

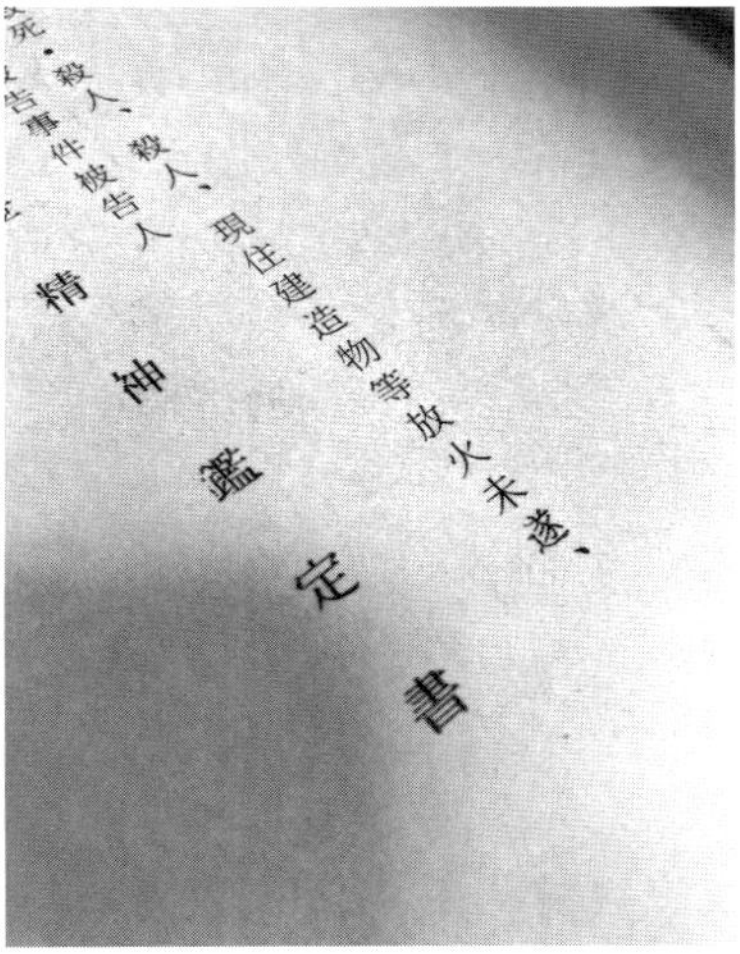

精神鑑定した２人の鑑定人からの報告書

論告求刑。検察は被害者のこれまでの半生を振り返りながら、遺族の言葉を代弁した。「どんな理由にしろ、人を殺める犯人を許すことはできません。厳罰に処してください」。

検察側はどうか。殺された二人ともがそれぞれの人生を歩いていた途上だったとし、「被告人の魔の手にかかりその犠牲になったもので、何らの落ち度もないことは極めて明白である」と断罪。そして、こうまとめた。

「よって、相当法条適用の上被告人を、死刑、に処するを相当と思料する」

論告求刑は「死刑」

当初からその論告求刑は想定されていた。優は身じろぎもせず、まっすぐに裁判官席を見つめていた。「死刑」という言葉はずっと頭にあり、それが改めて突きつけられたかたちだった。「当然だ」と冷静に受け止めていたように思える。後悔と絶望を抱えたまま、もう二度と這い上がれないような海底深くに沈んでいくような気持ちで、優はじっと論告に耳を傾けた。

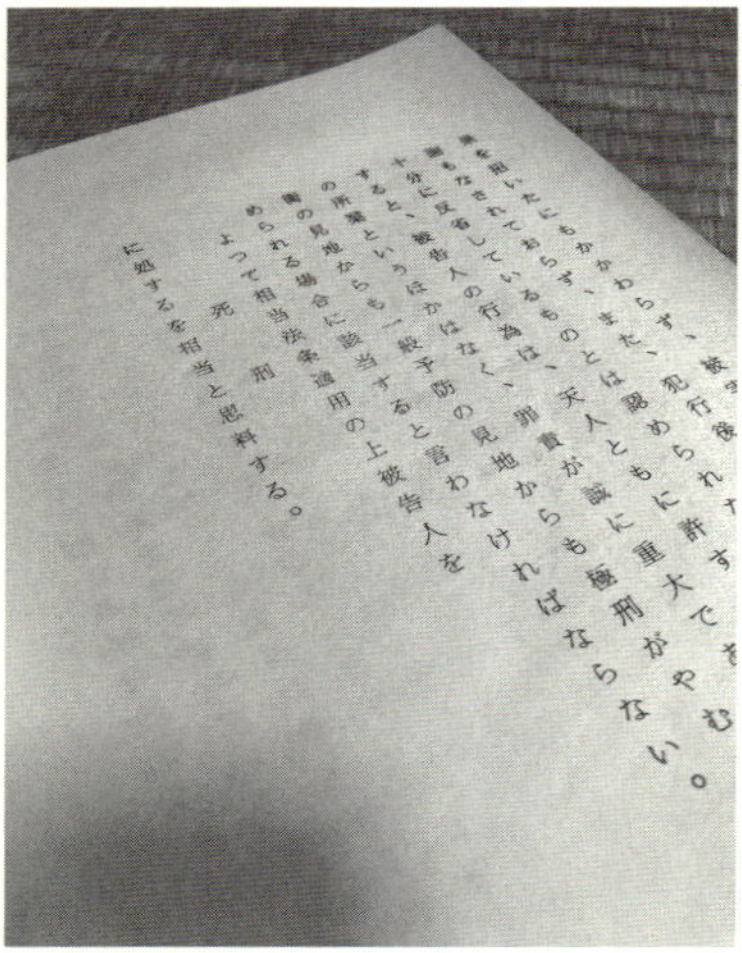

検察が求刑に導いた論拠が記された文書

なぜか、母親のことを思い出していた。一家の太陽だった母が、見ていられないほどみるみるやせ細っていく母親の最期の姿をだ。死刑と求刑されたことで、もう二度と母親にあの世でも会えないような気もしていた。刑が執行されても、天国で武たちと暮らしているであろう母親と同じ所に自分は行けない。そんなことを思いながら、額に汗をにじませながらじっと聞いていた。

優は裁判が始まる少し前、不思議な体験を

している。ある時、拘置所で過ごしていた時、何か妙な胸騒ぎを感じた。とてもスピリチュアルな体験だったという。漠然と「父が来ているのではないか」。そんな予感がしたという。後付けではなく、お告げのようにふっと頭にそんな考えがわいてきたのだそうだ。

今のは何だったのだろうと思っていると、「面会だ」と刑務官の声がかかった。刑事施設の中で、弁護人の宮本以外の、最初で最後の肉親の面会、それが父親だった。「父が来ているのではないか」というのは虫の知らせ、というものだったのかもしれない。

面会室までの長い廊下を歩き、アクリル板越しに父親と対面した。照れくさいような、見せたくなかったような、申し訳ないような、来てくれてありがたいような。なんとも言いようのない対局にあるはずの感情同士が複雑に混じり合った。普段は無口で口べたな父親だったが、それでも懸命に話そうとしているのが伝わった。

趣旨は、家族のことは心配するなということ、そして、しっかりと法廷で裁かれてこいという励ましの言葉だった。恐らく人生で初めて父親からエールを送られた瞬間。皮肉だった。

そして、父親は短く言った。「俺はもう二度と、ここには来られないと思う。身体が悪くて、恐らくそんなに長く生きられない。生きて会えるのはこれが最後だろうと思う」

その日の夜、優は人知れず泣いた。なんて罪深い息子なのだろうか。親の死に目にも駆けつけてやれない。死の直前に手を握ってやることもできない。父は、犯罪者の父親という汚名を負わされ、世を去っていく。なんて因果なことをしてしまったのだろうか。その日、拘置所にすすり泣く声が消えることはなかったという。

後日の法廷。そんな一連の様子を見守ってきた宮本は、弁論に立ち、父親から届いたこんな手紙の言葉を紹介した。

「本当に被害者の家族の方に対して、なんとも、もうどうなるんだろうと心配ばかりして、もう外を歩けないで何日も家から動かれないで涙を流しているような始末です」と状況を説明し、こう続けていく。「あとからその時、(優が)思い切って自殺、命を断っていたらいかったなあということも考えました」と切り出し、「今では自分が被害者にかわってやりたい位に思うような気持ちで……自分も七六になっていつ倒れるかわからないようになっているのに、卑怯なようですが、早くこういう世から離れたい気持ちです」と率直な言葉が綴られていた。

息子を容赦なく鞭打つことで、最も遠ざけることで、父親として減刑を望む考えはないことを強く示し、そういった強い姿勢を見せることで、しっかり刑に向き合えと、優を奮い立たせているようだった。ひどく強い言葉をぶつけることで行間からにじみ出る父親の思い。それが、最後の父親の願いだった。

宮本も弁論でこう切り出した。かつて父親は優のことを、「『たくさんの子どもの中でも清潔、整頓はよくして、仕事は頑張りやです』と言っていた」と訴え、「そんな風に思っていた息子から受けた、死ぬより苦しい、切ない心境だ」とたたみかけた。

そして、二人の精神科医の鑑定結果を整理して述べ、改めて心神耗弱による減刑を望む理由を切々と語りかけていった。

覚醒剤についても、もし検察官の主張が真実だとしたら、優の尋常ではない方法での注射の打ち方や意識障害を起こしている最中のいかにも奇異な行動での犯行についても、全く説明がつかない理由を積み上げた。アイヌ民族の家庭という特殊な事情や貧しい幼少期など不遇な生育環境も列挙。そして、宮本は託した。「裁判所におかれては現在の被告人にふさわしい刑罰を科されるよう最後にお願いする次第である」。

そして、最後に優のこんな言葉を紹介して終えた。それは、優が宮本に送った手紙から抜粋した文章だった。「どうすれば罪の償いをできるか。死者の霊の冥福というのか、一生懸命仏壇に向かってそういうふうにしてやりたいと思うし、もし生かしてくれるんであれば、一生死ぬまでこの罪を背負って苦しんでいきたい」。

そして判決へ

主文。被告人を無期懲役に処する。

一瞬の静まりの後、ざわざわと傍聴席が騒がしくなった。速報を伝えようと法廷を飛び出していく記者、手で顔を覆った遺族……。人が激しく交錯していく中で、裁判官が淡々と判決理由を読み上げていった。

弁護人宮本は感無量だった。死刑判決から減刑させたかたちでの無期懲役判決。「弁護士生活で四〇〇件近く刑事弁護してきましたが、無期懲役判決はたったの二件。そのうちの一つがこれでした。よく覚えていますよ」

一方で、優。死をもって償うということから免れたという安堵感はあったはずだが、その思いは永遠に封印した。実際、これから無期懲役という苦しい現実が立ちはだかる。どうなっていくのかという不安と、命がつながった状況が交ぜ合わさっていた。その日のことは、あまりよく覚えていないという。

無期懲役判決から四日後、優は宮本宛に、こんな手紙を送っている。ボールペンの字が時折かすれ、見るからに弱々しい。ボールペンを立たせるだけで精一杯といった状態が推察され、失意のどん底にいることが筆跡からも伝わった。

「長いあいだ心配し、いろいろな手をこうじてくれました。大変申し訳なく思います。大変な罪を犯してしまいました。人の罪深さと言うものが少しここに来て知ることができました。こんなことを知っていたならこんなにまでの罪を犯さなくてよかったかもしれません。色々こちらに来て、期することが多くありましたが、この後も一生懸命自分の心にある悪根を取り去って行きたいと思います」

「一審の無期という判決がおりましたが、自分はこの無期と言うのが、この罪に対しこの自分に対し楽感的（楽観的）な気持ちとは思いません。むしろこの罪が厳しい内容を含んだものと自分はきびしくみつめています。裁判所はこのつらくきびしい、そして最善の道として、この自分に与えてくれたのだと感じています。この考えは間違いなのかもしれませんが、しかしもしできるのなら、この罪のつぐないを少しでもみせたいと強くおもいます。ここを出て社会にでたとしても、生きるだけで大変なのかもしれません。でも、それしか自分の生きる目的がみつかりません。この自分を心配し色々協力してくだった方々にも少しでもお礼をみせることができたならうれしいと思います（略）」

「いくら謝罪してもたりることはありません。先生にもお礼はたりることはありませんが、この手紙にてかならず社会に復帰し、罪のつぐないをみせることをちかいます。その目的のためにも一生懸命自分の心の改造を努力していきます」

両者とも控訴はしなかった。長い、長い服役生活が始まった。

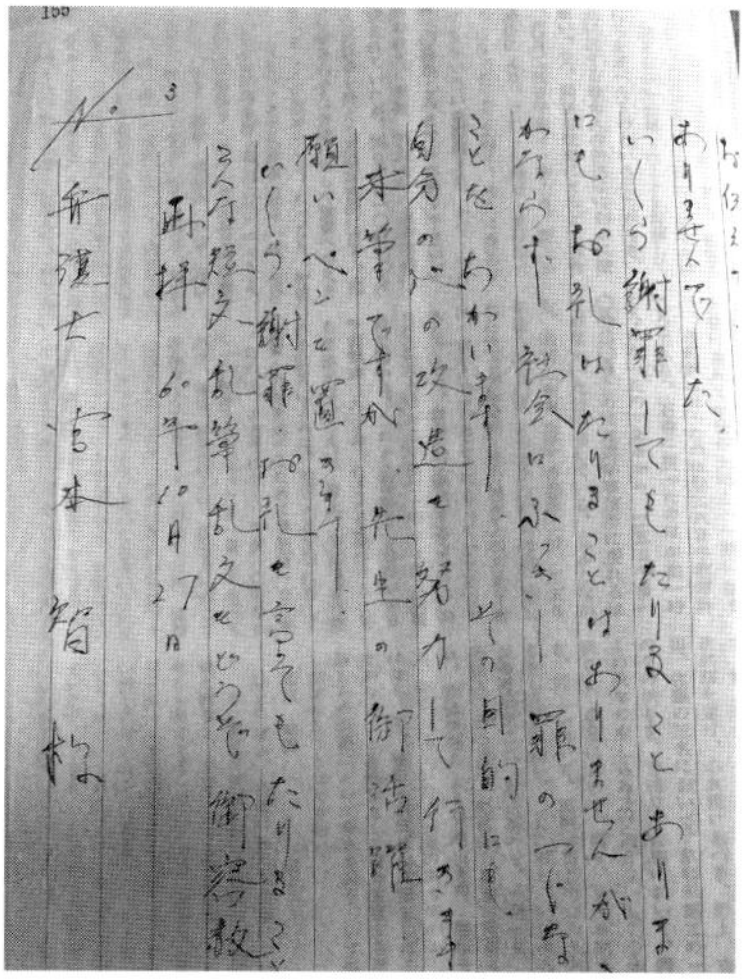
ありませんでした。
いくら謝罪してもたりることはありま
にもお礼はたりることはありませんが、
かならず社会に復帰し罪のつぐな
いをみせることをちかいます。その目的にも
自分の心の改造を努力して行きます
末筆ですが、先生の御活躍
願いペンを置きます
いくら謝罪、お礼を言ってもたりること
ない短文乱筆乱文をどうぞ御容赦
61年10月27日
弁護士 宮本 智 様

判決が出て、服役が始まる前に拘置所から優が宮本に送った手紙

第4章　刑務所の中で

服役の始まり

環境に慣れる

昭和の終わり、秋深まる季節だった。羽織るコートも一段と厚くなり、木々の葉も茶色く色づき、これから冬支度が始まっていく、そんな時期だった。

これから長く、長くお世話になる荘厳な刑務所を前に、優は、思わず一礼していた。手首と腰に縄が巻かれ、「罪人《つみびと》」になったのだが、桜並木が映え、重厚な趣さえ感じられる建築物を前に礼を尽くす思いに駆られたからだった。自然と頭を下げていた。そこに理屈はない。

まずは身体検査や所持品検査だった。拘置所でも行われたが、とにかく刑務所での生活を始めるための準備もまた厳重だ。衣服を全て脱ぎ、身体の穴という穴の全てを調べられる。動物のように両手両足を床について四つん這いになり、まずは肛門検査を受けた。薬物などを持っていないかの検査だが、ショックだった。だが、ルールに従うしかない。「これからは、人間扱いされないんだなという覚悟のようなものがここで植え付けられるような感じもした。恥じらいという感情が取っ払われていくというか、何かが崩れていくような感覚があった。しかも真面目な人ほどしっかり見せるんだよな」と、ぽつりと優が振り返る。

服役が始まると、初めに二週間ほどかけた「オリエンテーション」といったかたちの「新人訓練」と呼ばれる期間がある。刑務所で受刑生活を送っていく上で必要なルールを学んだりする時間だ。雑居房ではなく、一人用の三畳ぐらいの部屋で寝起きしながら、起床や就寝、食事時間、お風呂の回数や曜日、運動時間の注意事項や、工場への出役についてなど、あらゆる規則をここで頭と身体に徹底的にたたき込まれていく。刑務所特有の行進や号令などの行動訓練の指導もこの期間に受けた。同じ時期に入所した受刑者らと行動をともにし、一方で、刑務作業の能力や適性などもここで見極められていく。

この新人訓練で、特に多くの時間を割かれたのは、「無断」ということへの取り決めだ。無断で行動すること、無断でおしゃべりすること。自席を立つことも含めて、何をするにも許可が必要で、自身の意思で行動することは、ほぼ皆無になっていく。社会と隔絶された刑務所の中というある種の別社会は、これまでとは真逆と言っていいほどの厳格なルールがあり、そこに疑問を挟み入れることなく順応していくことが求められていた。服役するという役務をこなす中では、まずはこの環境に慣れなければならない。

刑務所に来て初めて過ごした夜のことは特によく覚えている。まだ秋だというのに、とても寒かった。身体の毛穴の全てに短針が容赦なく突き刺さってくるような、凍てつく冷気が身体中をまとった。鼻腔を通って吸い込んだ冷気も、喉元を容赦なく冷えさせ、呼吸をすればするほど身体を内からも外からも冷やすようで、それは心身にこたえた。わずかな隙間から吹き込む秋の夜風を感じる余裕は全くなく、雲間の月の光は闇の中に弱々しく届くほどで、底なしの罪の意識がただ優に覆い被さっていくようだった。

三年弱いた拘置所では、まれに日差しがあり、温かいと感じる場所や時間もあった。「拘置所と刑務所っていうのは法的な意味だけではなくて、環境もずいぶん違う。かなり寒い地域で育ってきた、こんな自分でもこの寒さは種類が違うと感じた」。これから何が起きていくのか、そんなことを考えながら、薄い布団の中で、ゆっくりと上まぶたを下まぶたに近づけ、光を遮断した。目の玉が脳の奥底の闇という間に落ちていくような沈みを感じ、まぶたがずっしり重みを伴っていくと、自然と深い眠りに落ちていった。

人間の慣れ、というものは慣れてしまえば楽だが、それまでには多少の時間と努力が必要になる。これまでの自分の世界観と違えば違うほど時間はかかり、思いのほか、ストレスがかかっていることに優は気づいたりした。行進の練習や点呼、そして決められた時間内での運動や入浴、食事……。同じ新人訓練を受けている何人かの中でも、ついて行くことができず、転倒したり動けなくなったりする受刑者もいた。年齢的に同じ動きができない高齢者も何人も見た。

その中で、優は比較的年齢の近い、ある受刑者と少し打ち解けた。いわゆる「同期」といった仲だ。お互い励まし合う中で、彼が有名国立大学を卒業したが身体が弱かったため、会社員や公務員ではなく、マッサージの仕事に従事していたことを聞いた。罪名は聞かなかったが、優と同じ刑務所にいたということで、もしかしたら刑はかなり重かったのかもしれない。なかなかそうは見えないのだが、海で働き、土木作業など肉体労働をしていた優と違って、その人は大層弱々しく見えた。おおよそ、「罪人」のたたずまいではなく、強い風でも吹けば、すぐによろけてしまいそうな姿に、優の心配は募った。

だが、刑務官は容赦なく厳しく接した。衣類のたたみ方も少し違うだけで、たたんだ衣類をぐちゃぐちゃにして、やり直しをさせられる。これが罪を償うこととどう関係あるのか、と詰め寄りたくもなったが、従うしか選択肢はなかった。

「今思えば、刑務所内で統率を取っていくために仕方がなかったんだとわかる。最初が肝心といったところで、徹底的に軍隊のようにたたき込まれた。しっかりと慣れるために、少々厳しい言葉でも躊躇なく叱りつけられた」

靴を作る

本格的な服役生活で優が初めて配属されたのは、靴を製造する工場（刑務作業場）だった。

牛革をカッティングする作業を優は担った。新しい型紙に沿ってパーツを切り分けていく。そもそも牛革は皮が伸びやすい部分と、伸びにくい部分がある。何年かやっていると、そういった牛革の健康状態がわかってくるらしいのだが、優はその目利きがよかったようで、幸い刑務作業が苦ではなかった。優のカットした牛革は、靴を作る工場の仲間たち（受刑者たち）

からも「使いやすい」と評判になった。

もちろん、ありがたい言葉にも決しておごることなく、黙々と切り続けた。カットがうまくできるようになると、次はそれらを縫い合わせる刑務作業に従事していった。カットされたパーツを型紙に合わせて縫い上げていくということだ。これは技術を要した。漁で使う網の修復で針を握って縫い上げたり編み上げたりした経験はあったが、牛革の扱いは当然初めて。最初は見よう見まねだったが、次第に自分に合った独自の手法を編み出していく。針を自然なかたちで入れ、力を入れる部分と抜く部分など見極められるようになっていく。最終的には、ミシンを使って縫わせてもらえるようになるところまで上達した。優も向上心をもって夢中になって刑務作業を担った。

刑務所内の生活で、こうして慣れていく作業もある一方で、なかなか慣れないものもあった。最も苦しかったのが、夏のお風呂だ。冬は週に二回、夏でも週に三回しかお風呂に入れなかった。夏の三日間のうち二日間は一五分あるが、一日は一〇分しかない。特に、ひげの手入れが大変だった。一〇～一五分の中で、ひげをしっかりと剃るには手際よく、手早くやらなければ間に合わない。少しでも長く湯船につかり、しっかりと身体も洗いたい。そのためにはひげの扱いを最小限の時間で終わらせた方が、効率がいい。

自前のひげそりがない受刑者は、刑務官に借りる必要があるが、ある時、歯の立たないひげそりを渡された。これではひげは剃れず、間に合わない。恥を忍んで、素っ裸でお風呂の担当刑務官がいるところまで走り、別のひげそりを借りたこともある。今でも苦い思い出だ。

だから、優は靴の工場で稼いだ賃金で真っ先に買ったのは電気カミソリだったという。これがあれば、お風呂の時間を十分に確保し、たった数分だったとしてもひげそりで悪戦苦闘する時間をほかのことに回すことが可能となり有意義に使うことができる。少しずつ受刑者としての生活に身体と考え方を慣らしていった。

そんな中で、靴の製造作業は優にとって、集中できる落ちつく場でもあった。靴は行程が多いのが特徴だ。一人で一足作るわけではなく、それぞれが持ち場の担当部分に責任を持ち、バトンを渡し合って最終的に一足の靴ができあがる。団結力もついた。外国製の高級メーカーの靴を担当したり、女性のハイヒールの靴を作ったりしたこともある。一足五万円程度で売られるような高級なものだ。丁寧な作りのため、一カ月、二カ月待ちはざらで、人気があった。

優は懲役生活の中で、この刑務作業の工場に累計で最も長く携わった。それぞれが責任を持って持ち場を務め上げ、一つのピカピカの革靴を作り上げる。職人顔負けの革靴が製造されていた。靴を作るチームは、一隻の船に乗っている乗組員のようなものだったのかもしれない。だから、今でも靴を見る視線は少し厳しいが、靴を見るのが好きだったりする。

忘れられない出来事もある。全国の受刑者が技術を競う刑務作業の全国大会が毎年開かれているが、優が所属する工場も参加することになった。とびっきりの靴を作ろうと、みなが張り切った。優たちのチームワークは抜群で、ある年、全国の刑務所の中で、大賞を受賞した。この時ばかりは、ワッと大きな声を出してしまったことを覚えている。みなでうなずき合って喜びを表現した。歓喜の瞬間だった。賞品として一人に一つずつ大福餅が配られ、優たちは子どものように無邪気に喜んで食べた。

誰もが久しぶりに食べる大福餅。刑務所に入所する前に食べた何倍も皮の柔らかさを感じ、あんこの甘さはこの世の幸せが体現されたもののように感じるほどおいしかった。それは優だけではなく、ほかの受刑者たちも感じたようで、誰もが目尻を下げていた。それからというもの、「もう一度あの大福を」という言葉は優たちの中で合い言葉のようになり、その後も挑み続けた。

優は結果的に、累計七回ほどこの大福餅を食べたという。今でもスーパーのレジ周辺などに置いてある大福餅を見つけると、あの時の歓喜がよみがえることがあるという。

日々の刑務作業の中で、優は心がけていたことがあった。できあがった靴を磨きながら、刑務官に見つからないように、無言のおまじないを、心の中で反芻することだった。

「自分はここから出られない。でも、今この手の中にある靴たちは、ここから普通に外に出られる。どういった人に履いてもらい、どんなところに連れて行ってもらえるのか。巡り会った主人に愛され、日本中、世界中……、この靴がいろんな場所に連れて行ってもらえますように」。そんな願いを込めながら、靴を送り出していたという。

そんなことを空想すると、頭の中だけは自由になれた。多くの靴が送り出されていくことを考えるだけで少しうれしくなり、社会とのつながりが生まれたような感じがした。というより、無理矢理にでも社会とのつながりを作ろうとの思いがあったのかもしれない。

もちろん、被害者のことを忘れたことは一度もなかった。生活に慣れるのに十数年はかかったというが、被害者の命日には欠かさず工場を休んで仏式の教誨師の行事に参加した。盂蘭盆の供養も欠かさなかった。

刑務所には、仏教やキリスト教など宗教関係者が多く出入りしている。後述するが、優は、仏教の教誨師に心を救われることになる。その伏線としては、ずっと被害者供養を欠かさなかったことがある。

刑務官に「謝罪の手紙を書きたい」と申し出て、便せん四、五枚に思いをしたためたこともあった。だが、「謝罪文を届けることで、被害者遺族につらい記憶を思い出させてしまう。今はその気持ちを大切に、まずは刑務に専念した方がいいのではないか」と言われ、届けられなかったという。そんな途中経過の思いもよく教誨師に聞いてもらったりした。

そして、被害者への行き場のない謝罪の思いを供養というかたちでお経で念じたり、時間があれば般若心経を写経したりして過ごした。そういったこと以外に、謝罪の気持ちを表現する方法を思いつかなかった。

雑居房での暮らし

入った当初は独居房だったが、ほとんどの日々を優はその後、雑居房で過ごした。部屋の中に共同のトイレが一つあり、歯磨きをする簡素な流し台があった。それぞれに机や本を数冊置けるような棚を持つことができ、それぞれの思い思いの本が並んでいた。雑居房のメンバーは定期的に入れ替えることになっていて、相性もあるだろうが、同じ部屋の受刑者同士、それなりに自身の身の上を明かすことも、ままあった。

ある時は六人中六人がみな、殺人の罪での服役だった。それぞれ事情はあるものの、何らかの理由で一人以上の命を奪ったことがある二〇代から六〇代の人間が同じ部屋で、寝起きをともにした。何だか妙だった。どんな理由や背景があったにせよ、見渡せば、他者の命を奪った経験がある「罪の海」の中にいた。自身の罪状や身の上を包み隠さず話す人もいたが、優はどちらかというとあまり積極的には話さない方だった。

それでも、全く話さなかったわけではなく、優にとって少し心許せる人も中にはできた。家族の命を奪った殺人罪などで服役中の人だった。お互いに家族の思いを語り合ったりした。話を聞く限り、その受刑者は驚くほど心の優しい普通の父親だった。子どもの成長と未来を想う、どこにでもいる父親だったと言っていい。

罪を犯す瞬間はその人格の歪みだけでなく、その人格の周辺にある環境によって、いかようにもその一瞬だけあらぬ方向に転げたり、逆に思いとどまったりできるのだと、優は改めて痛感したりもしていた。罪名と目の前にいる人物が、優にはどうにも結びつかなかったからだ。

罪を犯す瞬間の多くは恐らく、憎悪などといった負の感情が最高潮に達している。何の判断もできないほど視野は狭くなり、考えは凝り固まり、どうにもならなくなっている。殺人罪など瞬発的な犯罪などはそういった傾向が強い。巡り合わせと選択が繰り返された中で、理不尽にも相手を消すという考えが、その人の中で最良の選択にまで追いつめられてしまったが故に、ということは案外多い。法廷では、その人の養育環境や経歴、そこに至った経過なども判決の判断材料として考慮されるが、裁かれるのは、犯行のその瞬間だ。検察と弁護士が資料を出し合い、出された範囲内で争われる。優であれば、心神耗弱状態だったか否かが、争点になったように、だ。

だが人間が生きている以上、その瞬間以上の時間の方が長い。受刑者にも家族とともに歩んだ時間があり、憎しみとは縁遠かった時期もある。刑務所の中でぽつりぽつりとお互いに話し始める言葉たちは、法廷では焦点にならなかった感情が多い。「子どもの笑った顔がかわいくてね」「初めて抱き上げた瞬間は今でも覚えている。忘れられないものだ」。憎しみとは全く相反する感情を語り合う。

優に自身の子どもはいなかったが、優は子どもが大好きだった。亡くなった甥っ子や姪っ子の面倒は十分に見られなかったかもしれないが、故郷を離れてからも、お世話になっていた建設会社の親方の子どもたちに少ない給料ながら、文房具や折り紙を買ってあげたりしたこともあった。

刑務所の雑居房では、相手の話にうなずきながら、自分の行き場のない気持ちをゆっくりと消化できる時間でもあった。他愛もない会話が何だか心を解きほぐす。不思議な空間でもあった。

当時、法廷では、裁判長が「君たちはさだまさしの『償い』という歌を知っているか。たぶん知らないと思うが、君たちの法廷での言葉がなぜ心を打たないか、この歌を聴けばわかるだろう」と諭したりすることがマスコミに取りざたされたりした。棒読みの判決文の「朗読」の後で、「普通の言葉」で語りかける裁判長の生身の姿を、マスコミは「心温まる話」として報じた。裁判長も人の子であり、公判の中で、心揺り動かされて言葉が生まれるのだろう。その言葉をお守りに受刑生活に耐え、服役していく人も多くいる。

一方で、一緒に生活している中で生まれたさりげない会話にもまた、時として、長い受刑生活の中では驚くほど支えられた。いわば、裁く側から言われた言葉よりも、ある種対等な立場の当事者同士から言われた言葉の方が、素直にまっすぐ届くといったこともあるのかもしれない。一瞬一瞬の会話を糧に日々を過ごす。それが優の気持ちをなだめ、何より安定させてくれていた。

「懲役格差」といじめ

資格を取る

八年の年月が流れていた。少しは刑務所に慣れた、と書き進めたいところだったが、優が刑務所の生活に慣れることはなかった。でも、いつまでもうじうじと「慣れない、慣れない」と下を向いていても仕方がない。

梅雨の蒸し暑い頃だった。いつか刑務所から仮釈放することができた時のために、電気工事士二種の資格を取りたい旨を申し出たのだ。これまでの受刑態度や刑務官からの評価などで、申し出に許可が下りない場合もあったが、優の場合は優自身も驚くほど、すぐに許可が下りたという。

受刑者たちは受刑中にさまざまな資格を取ることができる。その選択肢は年々増えている。八年も外の世界と全く接することができていないと、次第に刑務所の中での感覚が全てとなり、それまで培ってきた感情や習慣を忘れてしまう感覚にさいなまれてくる。有期刑の場合は判決に応じて刑務所を仮釈放か満期出所する時期は決まっているが、無期懲役の場合はとにかくいつか仮釈放を得られると信じて服役するしかない。

「漁師は陸に上がると、何にも使い道がなかった。土木作業員ぐらい。でも、けがをすることもあったし、年を取ると自然に働けなくなる。非常に弱い立場だった。そうならないために、年齢に左右されない資格や技能を、出所した場合に備えて一つでも多く取っておきたい」。そんな思いが年々強くなっていったという。生活スタイルを少し変えたいという思いもあったかもしれない。常に向上心を持っていなければ精神的に耐えられないということもあっただろう。

理容師や美容師、フォークリフト運転、塗装……。さまざまな職業訓練があり、優は両親を介護できなかった後悔からホームヘルパーも一瞬考えたが、「もし六〇歳を過ぎて仮釈放が許されたら、すぐに、介護をする側でなく、受ける側に回ることになる。現実的ではないな」と、介護現場の技能取得はあきらめた。

たどり着いたのが、電気工事士二種の資格だった。「電気はなくならないだろう。何の仕事につくにしても生かせるかもしれない」と思ったからだったという。ただ、電気工事士二種の資格を取るためには、今の刑務所を離れて、一年ほど別の刑事施設に移動し、訓練に励む必要があった。優はそれを認められたというのだ。驚くべきことだった。

八年四カ月ぶりに、優は刑務所の外に出た。もちろん両脇には刑務官が付き、手首は拘束され腰紐をつけられていたが、少なくとも刑務所内でいつも着ている作業服ではなかった。刑務所に入ってきた時の私服のポロシャツ姿に着がえ、刑務所の門を出た。手首の手錠や腰紐などはなるべく見えないように、刑務官が布で覆ったり目立たないようにしたりして配慮し、まずは公共機関のバスに乗った。その後、そのまま電車に乗り継いでいく。その日、列車の中はたまたま空いており、途中、座席に座ることを許された。刑務官に挟まれるかたちで座ると、真向かいに女性が座っていた。一般女性を見るのはいつ以来だろう……。こんな当たり前の日常が、涙が出るほどキラキラと新鮮だった。

まるでどこか地球外の星から再び地上に降り立った生命体のように、大げさな話というわけではなく、当たり前の日常に心から感動した。ふと窓から景色を見ると、懐かしい景色というわけでもないのに、なぜか涙腺が緩んだりもした。電車に乗って仕事に行ったり、誰かと一緒に過ごしたりできる尊さが痛いほど染みた。

優は、生まれて初めて新幹線に乗った。新幹線の開業は一九六四年、最初の東京五輪に合わせてのものだが、それまでの優は船や飛行機は使ったことがあったが、新幹線にだけは乗ったことがなかったのだ。

刑務官に挟まれるかたちで、三席並びの指定席の真ん中に座る。窓からの景色が追いつけないほどビュンビュン走る様子は、優の心を無邪気にワクワクさせた。四〇歳近い男性がまさか子どものようにはしゃぐことはできず、黙って下を向いたままだったが、たまに顔を上げると、色鮮やかな山々や海が広がっていて、人が生活している社会の空気を存分に味わうことができた。「外の景色の色合いがきれいでね。色というものは自由の象徴なんだなと感じた」。刑務所の中は華美なものはなく、当然、無味乾燥な色合いが多かったこともあり、色鮮やかな世界を目に焼き付けたのだという。

昼食の時間帯になると、刑務官が売店で幕の内弁当を買ってきてくれた。久しぶりの刑務所内の食事ではないお弁当。味が少し濃いように思えて、冷めていても、格段においしかった。そんなつかの間の大冒険を終えて、指定の刑務所に着いた。工場での刑務作業の代わりに、電気工事士二種の資格取得のための勉強を始めた。それが優の仕事になった。

不条理ないじめ

生活の場は雑居房で、いろんな刑務所からさまざまな資格を取るために集められた受刑者たちがいた。各刑務所に認められた「優等生」の受刑者たちだ。選抜甲子園とでも言おうか。受刑者同士で「どこから来たのか？」と、どこからともなく会話が始まる。それぞれの刑務所の違いや慣習などの話は特に盛り上がった。情報交換会といった雰囲気だ。ご飯の違いや、刑務官の攻略法など刑務所ならではの話題も。その場にトラブルメーカーはおらず、何だか居心地もよかった。優もそんな一員になれたことが密かにうれしかった。

優の資格取得には、学科と実技の両方があり、自由時間には学科試験を突破するために、必死に机に向かって勉強に励んだ。高校中退ではあったが、年齢にかかわらず、新しい知識を学ぶ喜びは、人間としての生きる喜びにつながるものなのだと優は知っている。

実技は、電気配線や電気工事の技を習得していく。優はそういった作業がとても好きだった。漁師の家に生まれ、元々職人気質ということもあったのかもしれない。ある時、その刑務所内で技能大会があり、優は出場させてもらったことがある。なんと結果は、金賞と特別賞の両方をダブル受賞した。「二つの賞を同時に取るのは刑務所史上初めてだ」と、教官や刑務官に「すごいね」と笑顔を向けてもらえたことをよく覚えている。「人から認められるということは、ここにいてもいいんだということとイコールのような気がする。純粋にうれしかった」。

努力すればした分だけ報われる。優は一年間、勉学に励み、充実した時間を過ごした。かけがえのない時間だったと言っていい。

一年間の学びを終えて、元いた刑務所に戻る時、来た時と同じように、再び新幹線に乗った。また戻るのか……と思わなくもなかったが、新たな気持ちで服役に励もうと気持ちを切り替える時間でもあった。帰りは簡易な弁当だったが、おやつに、刑務官に桜餅を買ってもらった。優は桜餅を食べたことがなく、桜餅をくるんだ葉っぱまで食べられるのか否か、ずいぶん迷ったこともまた、よく覚えている。人は何だかそういった、理屈付けできないことを妙に覚えているものなのかもしれない。

電気工事士二種の資格を取って、無事に元いた刑務所に帰った優。

一方で、刑務所内の生活は、向上心の高い優のような人間だけではなかった。とにかくいろんな考えの人たちがいた。というより、「刑務所の中ほど人間というものの本性が見える場所はなかった」と、優はそう言い切る。

「人の下に人を作る」。そうしないと、秩序と精神が保てないようなところがあった。最も刑の重い死刑判決を受けた死刑囚は拘置所にいる。刑務所という場所で、誰が最も「下」に来るのか。それは、無期懲役判決を受けた人間だった。そもそも無期懲役は刑務所の中でも少数派に属する。ほとんどが有期刑だ。刑期の長さによって明確にヒエラルキーが強いられていった。「人間は、自分よりも劣った人間、自分よりも境遇が悪い人間がいないと、社会を成り立たせられないのか。自分より『下』の人間を作り出すことで、自分はまだましだと慰められる。差別は、人間の心が必要だと感じて生み出されるものだ。自分を守るために差別を作り出す」。優は身をもってそう言う。優も数々の嫌がらせやいじめを受けてきた。「懲役格差」「懲役いじめ」とでも言えばいいのだろうか。

刑務所内でのいじめはあからさまにはやらない。いじめなのかいじめではないのか、スレスレのレベルでおこなわれる巧妙なものが多かった。

例えば、刑務所内では、新聞を読む時間が一日各部屋で三〇分認められていた。雑居房は六人部屋のため、全員が読むためには一人五分程度が平均になる。ただ、それも暗黙の了解で有期刑の受刑者から読み始め、優のような無期懲役の受刑者にはいつもなかなか回ってこなかった。周囲は、時間がなくなるとわかった上でやっていたようだった。三〇分ギリギリのところで優に回し、いざ読もうとすると、時間切れとなり刑務官に戻さなければならない。取り上げられてしまう、そんな様子をみなでニヤニヤと笑い合って見ているのがわかる。もちろん、その表情も嫌がらせとわかるかわからないかのギリギリのレベルでの「にやつき」だ。

会話の端々に「さすが無期懲役」とあおられることも多かった。そういった小さなことにいちいち腹を立て、喰ってかかれば、有期刑の受刑者らの思うつぼになる。「やっぱり無期懲役になる人は違う」「怒りっぽいから無期懲役なんだね」「あ〜、怖い、怖い」などと言われ、さらにその言葉にカッとなればトラブルとなり、へたをすれば懲罰に陥ってしまう。

懲罰を与えられることは無期懲役の受刑者にとって絶対に避けたいことだった。ある段階で仮釈放させられるか否かの審議がもたれる際、懲罰の回数が物を言うからだ。そんなことを知ってか知らずか、有期刑の受刑者たちは、無期懲役の人間にツバを吐くことで、自分自身の苛立ちを静めるところもあった。「どんなにひどいことを言われても、苦しいことをされても、とにかく自分の感情を押し殺す」。優のような無期懲役の受刑者はひたすら耐え忍んだ。

誰かが評価されることが無性に気に入らない。一人だけこの地獄から抜け出すことは絶対に許さないといったかたちで、巧妙に足を引っ張り合う世界が広がっていた。工場での作業をわざと拒否して評価されている受刑者に迷惑をかけようとしたり、廊下の非常装置をわざと押して、無実の人に罪をなすりつけようとしたりする受刑者もいた。そのたびに、全速力で刑務官が駆けつけ、悪くはなかったとしても喧嘩両成敗に処せられていく。

「刑務所は社会の縮図、人間の欲望の巣窟だった」と優。自由がなく、縛られた生活であるが故に、人間の醜い部分が、行き場所もなく露骨に表出されてしまっていた。絶望的な生活の中でなんとか踏みとどまり続けるしかなかった。

一般社会だとしたら、「逃げる」という術が残されている。目立たないようにしたり、当たり障りのない会話でお茶を濁したり、あまり関わらないようにすることができる。できれば、優もそういった人たちとはなるべく関わらずに暮らしたかった。逃げ場のない集団生活の中で、トラブルとは全くの無縁で生活することを目指したいところではあるが、そううまくはいかない。だが、一〇〇%は無理であっても極力避けなければならないと考えていた。

もちろん、我慢ならないこともあった。優がいた工場で一時期、どうしても性格や波長が合わない人がいた。受刑者の中で、その工場のリーダー的立場の人だった。なんとか感情を抑えようと、一生懸命深い呼吸をしたり、違うことを考えて切り替えようとするのだが、今でいうパワハラのようなかたちで、ねちねちと指示を出されたり、馬鹿にされたような態度を示されたりと、どうにもできなくなり「作業拒否」をしたことがあった。

この時は、優の言い分も聞き入れられ、懲罰ではなく、厳重注意で収まったが、周囲の空気を悪くする受刑者は、「八対二、七対三ぐらいの割合で、非がなくても両方懲罰になる可能性が高かった」。理不尽だとしても、環境を乱すことを刑務官側は最も嫌った。

刑務官の言葉をよく覚えている。「きみたちはこの暮らしの中で、みんなで協力し合って、信頼し合っていかなければならないのに、どうして人のことをねたんだり、足を引っ張ったりして、トラブルを自ら生み出していくんだ」と。まさにその通りなのだが、人の入れ替えが少ない長期刑の刑務所の生活では、人間の性というものを嫌というほど見せつけられる場所、ということを棚に上げての「説法」だったのかもしれない。

刑務所地獄

そういった「懲役格差」もある中で、やはり、有期刑の人が刑務所を先に出ていく姿を見るのはつらかった。優より前に入所している人はどんどん出所していき、しばらくすると、優より後から入って来た受刑者も、優より先に出ていく人が多くなっていった。取り残される寂しさも去ることながら、自分の中に芽生える他者を羨む気持ちとの葛藤に、いつももつれ込んだ。「なぜあいつが俺より先に出られるんだ。工場勤務もさぼってばかりだったのに」「なぜ被害者に対して一言も反省の言葉を言っていないあいつが、堂々と先に出所できるんだ」。考えれば考えるほど、憎悪に近い黒い汚濁した感情が渦巻いていく。他者を認められない小さい自分が目の前に現れる。誰にも言えないドロドロとした嫉妬のような羨ましさが優自身にきつく巻き付いて、胸を締め付けた。

「そのおどろおどろしい感情や生々しい差別は、地獄に近かった。昔、社会で暮らしていた頃、地獄絵図を観たことがあったが、誰かが誰かの手足を引っ張っていたり、誰かの悪口を言っていたり、人間の醜い部分が表現されていた。刑務所という場所は、そういう本当の人間の姿が表れる場所だったのかもしれない」と優は目を伏せる。

そんな中で、優はどう気持ちを保ち続けたのか。優は言う。「月並みで申し訳ないけれど、夢を持つことだった。夢があれば希望が持てた」。「ゆめ」という二文字は、優が服役生活の中でずっとこだわってきた言葉でもあった。

優の夢はもちろん、仮釈放され、もう一度地域の中で暮らすこと。心根を入れ替えて、社会に戻ること。頭の中を未来の話でいっぱいに満たし、前を向いた。どうすれば償えるのか。それがわかるまで、命を捨てることはもはやできず、命と罪だけを抱き続けた。

それは自分のためというより、被害者のためでもあったという。死刑も覚悟の上で挑んだ裁判で、命は取り留めた。「生きて償え」。それはある種、死刑以上に苦しく残酷でもあったが、被害者への償いは、仮釈放後も生きている限り永遠に続く。自分に自由が戻れば戻るほど、きっと自由を奪った被害者のことをより強く思うはずだった。必ず仮出所する、この強い気持ちだけが優を支え続けた。

ただ、一日だけ耐えがたくその信念がゆらいでしまった夜があった。服役して、一五年ほどが経った夜だった。父親が亡くなったことを知らせる手紙が親族から優の元に届いていたのだ。

父親は事件後、唯一、優の面会に来てくれた肉親だ。その時、「もう二度と会うことはできない」と言われ、ある程度覚悟はしていた。その後も何回か手紙のやりとりはあったが、父親は手紙の中でも相変わらず筆無精の「無口」だった。優は自分が今担っている靴の仕事や、電気工事士二種の技術を競う大会で、初めて大賞と特別賞のダブル受賞をしたことなどを懸命に報告するのだが、父親は決まって、「大丈夫。こちらのことは心配するな」と短かった。

思えば優も、手紙にしたためていたことは、どちらかというと褒められたことやうれしかったことが多く、懲役格差やいじめなど、つらいことや理不尽なことの弱音はやはり吐けなかった。父親もそれに近い感覚だったのかもしれない。短い言葉の行間に、言うに言われぬジレンマがにじんでいた。なんとなく、そんな思いが手紙から透けて読み取れた。父親に対し、一体どれほどの悲劇を作り出し、与えてしまったのだろうか。老いていく父親に何一つしてやれないままの優がいた。どうしようもない親不孝者であり、なす術も無い無力さだけが突きつけられた。

手紙は、病室などで身体が悪いのをおして、それでも書いてくれていたものだったのかもしれない。事件前はお互いすれ違いばかりだったが、この世界にもう父親はいないんだと思うと、自然と泣けてきた。葬式にも行けなかった。骨も拾ってやれなかった。幾何学模様の鉄格子がはめこまれた小さな窓から、ぽっかり浮かんだ輝く月が見えた。ぴーんと張り詰めた強制された静けさの中で、優はとめどなく涙を流し続けた。

かつて警察官からの取り調べの際にもらった写真を思いだしていた。こわばった父親の表情を前に「ごめん、ごめん、ごめんな」とつぶやき、父親の手紙を胸元に引き寄せた。沈む気持ちに折り合いをつけられるものは何もなかった。優にできることは、かけがえのない家族や友人に支えられて生きてきた普通の人の命を奪ったことを自覚することだけ。苦悶の波に生き、償うことの意味を考え続けることだけだった。翌日以降もただただその意識に向き合い続けた。そんな生活が続き、刑務所に入ってあっという間に二〇年が経っていた。

悟りとは

少年刑務所にて

優が刑務所で二〇年を過ごしていたあいだに、世の中ではさまざまなことが起きていた。一九九五年の阪神・淡路大震災は、ちょうど資格取得のために別の刑務所に行っていた頃に起きた。地下鉄サリン事件も刑務所のテレビで観ていたことを覚えている。世紀末に向けて、社会全体が不安感に包まれていることが、刑務所の中にいてもひしひしと感じ取ることができた。二〇〇一年の九・一一アメリカ同時多発テロの時は、みながテレビに釘付けになって観た。ちょうど昼食後のニュースを見ることができる時間帯だった。世界貿易センタービルに飛行機が突っ込んだ時の映像は、久しぶりに映画を観ているようで、受刑者同士が肩を寄せ合って食い入るように観ていた。世界で何か大変なことが起きているという緊張感を感じながら、優も胸騒ぎがして何だか落ち着かずそわそわした感覚がしたことをよく覚えている。その後に続くイラク戦争の時も、震撼しながらテレビを観て過ごした。自分が過ごしていた時の社会から、世の中が明らかに変わっていっていることが見て取れた。刑務所という隔離された場所から見た世相だったからこそ、どこか客観的に捉えられた面があったのかもしれない。

そんな中でも、優は刑務所を移り、資格試験の勉強をさせてもらえる二度目の機会を得た。今度は建築塗装（レターリング）の技術で、いわゆるペンキ塗りの技術を学ぶためだった。期間は半年間で、場所は少年刑務所だった。

少年刑務所と刑務所は受刑者の年齢構成が違うことも大きいが、その雰囲気は大きく異なる。喧嘩っ早いような、心が荒れた少年たちを見ると、胸が詰まった。懲罰も喧嘩両成敗という範囲ではなく、一〇人単位でおこなわれたりする。みな血の気が多く殺気立っているのがわかり、ちょっとでも触れようものなら高圧の電流が流れ出てくるような、そんな状態で、成人刑務所とは全く違う空気感だった。トラブルを避け、周囲に迷惑をかけないように過ごしてきた優だったが、「大変な環境に置かれてしまった……」と感じた。

一方で、少年たちの荒れた心を慮ったりもした。

優自身、少年刑務所にいる少年たちと同じ一〇代後半~二〇代の頃のことを思い出していた。当時、船乗りとして海の仕事に従事していた。仕事が楽しくて仕方がないという実感はなかったが、今思えば、それなりには充実していたのではないかと思えたりもした。

その反面、兄の事件のように、ちょっとしたことで、その無自覚なヤジロベエが、急激にバランスを崩して倒れてしまう精神的な不安定さもあった。少年刑務所で暮らす少年たちの様子を見ていると、かつての自分自身と重ね合わせることが自然と多くなり、この少年たちがいずれ社会で苦労なく生きられるよう思いを寄せていた。

環境を変えるということは、思わぬ効果を生む。同じ職場で同じ仕事で、同じ席で同じ毎日を過ごしていたら、どうしても退屈さを感じるし、モチベーションも落ちてしまう。本人も気づかないところで、よい風穴を開けるということもある。環境を自ら変えていくということは、人間にとってなくてはならない営みなのだとも感じる。そういう意味で、ずっと暮らしてきた刑務所を一定期間離れるということは、優にとって、いい効果を生んだ。

長い刑務所生活の中で、考え方も変わっていったという。

それは、社会にはいろんな考えの人がいるんだと周囲を顧みることができるようになっていったということだった。何か爆発的なきっかけがあったというわけではなく、それはひたひたと押し寄せる静かな波のように、小さな変化が心に宿り始めたのだという。当たり前のことなのかもしれないが、優にとっては、他者に思いを寄せられる、それは静かな発見だった。

少年刑務所で半年間ともに過ごした少年たちの影響だったのだろうか。刑務所内で新聞を開けば「ネットいじめ」などの文字があふれ、自殺する子どもたちの現状を伝える記事に目がいくようになった。陰湿化していくいじめの実態に、優が社会で生活していた頃とは明らかに異質な社会になっていることを、強烈にまざまざと見せつけられているといった感覚だった。

「俺が言うのも変だが、社会が泣いているように感じた。一体全体、日本社会はどうなってしまったんだって」

これまでの優はいつも自分が中心軸だった。だからこそ、この軸に添えない考えや出来事が起きると、急にぐらついて不安定になった。結果的に事件も起きたと言っていい。だが、世の中にはさまざまな考えがあり、決して自分の中心軸だけが全てではないということを少しずつ知っていった。周囲の意見をくみ取れるようになればなるほど、この社会の歪みやねじれみたいなものを感じるようになった。

そんな思いがあったからか、教誨師との面談が必然的に増えていた。自分の意見をまっすぐに、はっきりと言おうとするようになっていた。それまでは自分の不遇な境遇をただ嘆くことが多く、率直に自分の意見を言うことも苦手だった。悶々と自分の意見や考えを抱えたまま過ごすことが多く、過剰なほどの感受性の強さと、それに対する過剰防衛のようなモノが心に埋め込まれていった。自分の気持ちをうまく表現できず、生きづらさをずっと抱えて生きてきたといえる。

ただ、世の中には優よりももっと苦しい立場に立たされている人もいる。物事を相対化して捉えられる人間に生まれ変わっていった。すると、周りで起こっていることに自然と興味も持てたし、さまざまな疑問が浮かぶようにもなった。

不思議な文様

優は、自身の刑事裁判の中で、兄の不遇な死や、母親の死、その後、家族が転落していったことを一言も話さなかったことは以前、触れた。兄の死は「事故死」とだけ表記され、母の死も「病死」とあるだけだ。その文字と文字の裏側にどんな葛藤が生まれ、どれだけボロボロになっていったのかは、おくびにも出さなかった。自分の犯した罪に言い訳しているようにみられたくなかったからだ。それは裁判の中で貫いた優の信念の一つでもあった。

それは刑務所に来てからも続いた。誰かに打ち明けることは、自身の罪状などについては触れても、このことだけは毛頭、誰にも言わなかった。そういった自身が封印していた思いが、服役生活が二〇年を超えて、やっと……やっと、ようやく機が熟し始めているような状態に導かれていった。幼少期から感じていた思いや、これからのことを、自分の言葉で教誨師に語り始めたのだ。語ることで整理され、腑に落ちてもいった。生きていることもようやく確認できた。「もっと早くこうやって話せたらよかったのに」。素直にそう語る。

手に取る書籍も社会派モノに変わり、ハンセン病を巡る差別の問題や、原爆の被害者やシベリア抑留者、アウシュヴィッツ強制収容所の話など幅広く読んだ。歴史を背負った人たちの言葉を受け止めながら、さまざまな立場の人の話に耳を傾けられるようになっていった。

そして、二〇一一年三月一一日。東日本大震災が起きた時は、しばらく寝付けない日々が続いた。映像のあまりのショッキングさに、自身が抱え続けてきた思いさえ、大きな津波にのまれていくようだった。

「自分は案外恵まれていた」と優は思っていた。海が隣にある日常で、台風や暴風雨に遭うことはあったが、津波災害は経験がなく、海の恵みで大きく成長させてもらえた。周囲で起きていることと、自分のことを結びつけて考えられるように優は変わっていた。

そんな変わり始めた優に、天から舞い降りたかのように、不思議なことが起きた日があった。生涯忘れることのできない日だ。

その日は朝から雨が降っていた。止むことを知らないように、しとしととただ降り続けていた雨。静かな雨で、草木にしたたり落ちると、「命のしずく」とでもいうように光にさらされてキラキラ光った。優は、鉄格子に閉ざされた部屋の窓の隙間から、とりとめもなく、その雨を見ていた。最初は無感情。ぼーっと「無」の状態を保ったままのような状況だった。特に何も考えていなかった。すると、次第にその雨が刑塀の壁にしみ込み、不思議な文様を作り出していることに気づいた。縄文土器の表面に描かれている波のような模様というか、心電図か何かの鼓動を数値で表した曲線というか、それが長い刑塀に浮き彫りになり、いつしかそれが気になるようになり、ただそれらに黙って目を合わせていた。

あの模様は何を意味しているのだろう。そう思うようになり、少し身体を乗り出した。さらに、じーっとただその雨がしみ込んでできた自由な曲線模様を見つめていた。

どれぐらいの時間が経っただろう。真ん中には、上部と下部のつなぎ目のようにまっすぐ一本の横線が、刑塀の真ん中に端から端まで通っている。一本の線と、その上に雨によってしみ込んで表れた曲線が、何かを表現しているような気がした。曲がった線は、一本のまっすぐな横線に近づいたり、遠ざかったりして波打っている。これは何を表しているのだろうか。普段は考えもしないようなことに、何だか妙に引き込まれた。

ここからは優自身の解説をそのまま記す。

優は、横に延びるこの一本の横線を「時間」の流れというものに感じたという。では、この時間の上に流れ動く曲線は何だろうか。それは「歴史」と捉えることができた。時間という変わらないものの中で、どんな時代にも上下に変動する歴史があった。戦争が起きたり、ウイルスとの戦いがあったりすれば高空飛行の波となり、それを乗り越えた時代が巡ってくれば低い場所での安定した波になったり、といった具合だ。そういったものを指し示しているような感じがしてならなかった。

では、そういった歴史は何がいざなっているのか。それこそ、「人類のこころ」というものではないか、と優は考えた。「人類のこころ」として思い浮かぶことは具体的に言えば、他者を思う心情であったり、子を育てる親の愛情だったり、社会への気遣いや思いやりだったり、そういった思いに言い換えられた。優はじっとその刑塀を見つめながら、これらの横線と波線のあいだに「人類のこころ」を見て取っていたのだった。横線と波線の合間の「面」にある、「人類のこころ」を持ち寄って、寄り添うようにして人は生きている、生かされているのだと、開眼したという。

優は思った。この面的な空間に人は生きていけばいいのではないだろうか。ここから逸脱しなければ、周りの全ての人から肯定はされなくても、少なくとも否定はされずに生きていける。ここにいていいんだ――。それが、優なりにたどり着いた「悟り」であり、「哲学」だった。なんでこんな簡単で当たり前のことに気づけずにいたのだろうか。

ようやく、自分に納得できた瞬間でもあった。ずっと飲み込めなかった魚の小骨を何モノをも傷つけず、すんなりと入っていったように、ストンと胸に落ちた。すると、呼吸をするのも何だか楽になるような、ふっと肩の力が抜けるような気分になった。刑塀に偶然できた模様に、生きる神髄を感じ、優はもう一度生き直したいと改めて思うようになった。

社会から見えない存在

優は、東日本大震災前後からは営繕係を務めるようになっていった。さまざまな刑務所に出向いて備品などを修理したり、外壁のペンキを塗り替えたりする役務だ。これもまた、役務に忠実だったと評価されなければ任せてもらえないものだ。一年間、別の刑務所や少年刑務所に学びに行ったりした経験が生きる仕事で、優は遮二無二励んだ。

外の世界と少なからず接する営繕の仕事は、優に新しい視点も与えた。

例えば、刑務所を取り囲む刑塀の上にある防犯線を点検する仕事をしていた時のことだ。はしごに登り、刑塀から顔を出す作業もある。もちろん、その防犯線を乗り越えれば、逃亡できるわけだが、それを絶対にしない受刑者だと刑務所側から信頼してもらえているということになる。

そんな防犯線の修繕作業中に、刑務所の近くをたまたま通りかかる一般人もいる。刑塀の上から優の顔が見えると、誰もがぎょっとしたような表情をして驚いた。優はそのたびに「驚かせて申し訳ない」という意味合いをもって、深く帽子をかぶり直すのだが、その驚く表情が少し可笑しかったりして心の中で笑ってしまった。刑務所の中で、誰かを驚かせて笑わせるといったことは御法度だ。そういうこともあって、人が驚く表情はどこか新鮮で面白かった。

心の中でひとしきり笑い終えると、一方で、その表情に少し考え込んでしまうこともあった。「やっぱり受刑者はぎょっとされる存在なのだろうか」。刑塀の中から顔を出せば誰でもそりゃそうだろうという思いと、これが一般住宅の塀の上だったら違うのだろうという思いと、極論ではあるが、なぜか複雑な思いが交錯した。

「物理的に塀に閉ざされているということだけの世界ではなくて、その視線は受刑者が社会から隔離されている証だった。物体を指しているわけではなく、言うならば、『感情の塀』だったように思う」

受刑者という存在はまだこの社会から見えない存在、自分たちとは関わりのない存在だと明確に線引きされているようなことを感じてしまった。そんなことも教誨師に率直に話した。「自身の考えを表明したり、社会のためになることを考えたりすることは悪いことではない。自分も発信していきたい」という話などもするようになった。この高い鉄壁の塀を精神的にという意味で、跳び越えたくなったのだ。教誨師はただ、ゆっくりとうなずいて聞いてくれていた。優には、否定されていない思いがうれしく、一人の人間としてちゃんと向き合ってくれている教誨師の姿勢に救われるようで、何度も何度もそんな話をした。

その後は、包丁や火なども扱う炊事班に移った。刑務作業の中では、最高峰の役務と言っていい。炊事班の受刑者は三〇人近くおり、朝と昼、夜に分かれていて、ローテーションを組みながら、日々の調理の業務にいそしんだ。食事を提供するのは数百人規模になり、キャベツを刻むのも機械を使うものの、大変な重労働だった。身体中がキャベツの匂いに包まれ、手のひらが「キャベツ色」に染まるほどだった。生まれて初めて、漬け物を漬けたりもした。

調理には集中力も必要で、さらにチームワークも何より必要だった。料理職人の仕事というよりは、助け合いの世界だったように今は思う。作業が遅れているところを見つけて手伝ったり、自分の作業が終わると、洗い場などに回ったりしてその日の仕事を終える。とても忙しく、くたくたになる。でも、「くたくた」という感覚が優にはうれしく、充実感でいっぱいだった。

お正月になると、おせちも作った。一年の始まりを祝うわけだが、優は毎年毎年これがここで食べる最後のおせちだと思って食べてきた。刑務所の中のおせちは、華やかで豪華とはいえず、なんとか食材をねじり出し、無理矢理おせちにしたものもあった。一年の始まりを心から祝えるおせちを来年こそは……そんな思いで毎年噛みしめてきた。そんな優だったからこそ、おせちの作り手側を任された時は、みながその願いを実現できるよう祈りを料理に込めた。優は他者を思うことができるように、別人のようになっていた。

炊事係は、社会復帰前の最後の関門といったように、あえてそういった環境に置いているのかと思ってしまうほど多忙だった。ローテーションを組むのが厳しければ、人数を増やせばいいわけだが、あえて少ない人数にして、社会復帰の力を付けさせる狙いもあったようだった。社会に出れば、刑務所のような秩序はなく、理不尽なことも、思わぬアクシデントもある。そういったことに対応できるようになったり、協調性を学んだり、誘惑に打ち勝つ我慢を求めたりしているようだった。

無期懲役だったが、仮釈放を考えない日は一度たりともなかった優。二〇年以上が経った後は「夢」というより、仮出所は現実的な目標にしてきた。無期懲役というだけでいじめも多く、足の引っ張り合いも多かったことは前述したが、誰かを蹴落とすように懲罰を付けて出所させにくしたりする輩もいる。決まりでしか秩序を作り出せない刑務所内に感情的な暴力は水面下で渦巻く。それでも優はうまくそういった「罠」をくぐり抜け、すでに三〇年以上を刑務所内で過ごしてきていた。刑務所の外で暮らした時代と、服役した時代がちょうど同じぐらいになった頃、刑務所内からも認められ、刑務官からも一目置かれる、なくてはならない存在にもなってきていた。

もう、そろそろなのか。「その時期」を見据えて動き始める、そんな頃だった。

二、三カ月前から刑務官が何だか優に明らかに優しい……と態度の変化に気づくようになった。何か特別な出来事があったわけではないが、明らかに優を見る目が優しくなっていたような気がした。何か変だな。どういうことだろうか。

優が通っていた工場で、これまで優が働いて得た収入の総合計を計算しているかのような動きもあった。なぜそんなことが必要になるのか。あくまで内密に動いているようで、確たる証拠があるわけではない。釈然としないまま、優には何も知らされず、そのまま月日が過ぎ去っていった。

そんなある日のことだった。

何の代わり映えもしない普通のある日、驚くべきことが起きたのだった。

第5章　更に生きるということ

その時は突然に

「準備しろよ」

ある日の前日、いつものように過ごしていると、周囲を気にするように、刑務官に短い言葉で言われた。「準備しろよ」。

今思えば、それは刑務官たちの優しさだったのかもしれない。「仮釈放だ」とあからさまに話したり、そんな雰囲気を出したりすれば、もしかしたら優の足を引っ張る受刑者が出るとも限らない。閉鎖的な空間は、感情の巣窟。優をわざと怒らせ、懲罰を与えさせる環境を生み出すということになったらこれまでの苦労が全て水の泡だ。

「準備ってやっぱり仮釈放のことでいいんだよな……」。なんとなく伝わったが、周りにはほかの受刑者たちもいる。最後の最後は慎重に、とでも言うように、本人だけが微妙にわかるかわからないかのニュアンスで、その態度の変化に気づくというレベルで、刑期の「最後の時」

を迎えようとしていた。実際に、ここまでくると、ぬか喜びや勘違いで終わりたくない。半信半疑のままにしておいて、勘違いだった時の落胆を最小限に留めたいという防衛本能もなきにしもあらずだった。

その日の夜はあまり眠れなかった。歓喜するわけにもいかず、というよりも全く現実味がわかなかった。夢ではないのか。リアルな感覚なはずなのだけど、寝ぼけているだけか……。仮釈放ではなく、違う準備という意味だったのか。マイナスの方、マイナスの方へと考えることもあった。とにかく、少ない荷物をまとめようと身体を動かした。「準備」。それは、慣れ親しんだ場所を移るということなはずだ。それはやはり、イコール仮釈放ということなのだと次第に思考と行動が合ってくる。優に配慮した刑務官のわかりにくい優しさを噛みしめながら、一人黙々とその時に向けての「準備」をした。といっても、これまで読んできた書籍や服、下着ぐらいで、そもそもそんなに荷物は多くはない。

ただ、一つ、そこにないものがあった。父親からもらった手紙だ。唯一文通をしてきたのが父親だったが、実技の資格を取るため、一時別の刑務所に移る際に荷物をまとめた。その時、「身軽でいた方がいい」と刑務官に言われ、捨ててしまったのだった。

刑務官に勧められることは文字通りの「勧め」ではなく、ある種の「絶対」の意味合いに近かった。たとえ、違う考えがあったとしても、へたに逆らって変な印象を与えたり、懲罰と認定されてしまったりしたら元も子もない。当時は資格を取るために燃えていたこともあり、刑務官に誤解されることで変にへそを曲げられ、移動できなくなってしまうことを恐れ、我を押し通すことはできなかった。それほど刑務官は「絶対」だったのだ。言われるがまま父親の手紙を捨ててしまっていた。

それもまた、「今思えば、自分のためを思ってそう言ってくれたかもしれない」と優は刑務官の優しさを感じている。その刑務官は優が入所した初期の頃から担当してくれていた人だった。「ずっと持っていたら、父親の手紙に励まされることもあったかもしれないが、もしくじけそうなことがあった時に、自殺などに思い至ってしまうきっかけを作ってしまうものになるかもしれない。そういったトリガーに変わる危険性があるものは最初から取り除いておくために、断腸の思いでそう言ってくれていたのではないだろうか」

刑務所に来てから三三年近くが過ぎていた。拘置所を入れれば三五年になる。

その年月というのは一体、いかほどのものなのだろうか。数字だけではかれない重みを優自身も考えずにはいられなかった。そこに自由はなく、トイレ一つとっても、席を立ち上がること一つとっても、全て刑務官という職業の人たちからの許可が必要だった。生活する雑居房を出て移動する際も一人でスタスタ歩く自由はなく、整列して、背筋を伸ばし、行進しながらみなで歩いて行く。そんな生活が体中にしみ込んでいた。

無期懲役ということで有期刑の受刑者からいじめられたり、差別的なことを言われたり散々な目に遭ったことはあったが、怒りに任せて行動することはなく、優はグッと耐え続けた。いつか出られると信じ続け、命日には被害者への謝罪と供養を欠かしたことはなかった。

刑務所だから出会えた人もいた。さまざまな事情で罪を犯し、ある種の縁があって出会った人たちだった。自身を振り返る際に、なくてはならない「仲間」でもあった。自身と同じ境遇にほっとすることもあったし、前向きになることもできた。

「ああ……やっと出られる日が来たのかもしれない。本当に長かった」。白髪だらけの頭髪と深く刻まれた顔のしわをさすりながら、その歳月の長さを感じていた。

話を少し前に戻すと、刑務所に同じ時期に入ってきて、新人訓練で出会ったマッサージ師の「同期」は、服役から数年後に脳梗塞で亡くなったと聞いた。国立大出身だったが身体が弱かった。「罪を犯した」というイメージとはほど遠く、きっと訳あってここにいるのだろうと察しがついた。それもここの場で力尽きたということ。刑務所の厳しい規律に、体力がなければ服役することもできない。なんとか刑期を全うできる体力と気力も、優にはあったということだった。

そんなさまざまな三五年間の月日にゆっくりと思いを馳せるということもなく、他の受刑者の視線を気にしながら、淡々と荷物をまとめていた。感慨も送別会も当然ない。

一方で人は、そう簡単に環境に適応できない。出所するんだという環境に今度は慣れていく必要があった。そのためには、雑居房を出て、まずは「普通の暮らし」に身体と思考を慣らしていく必要があった。「釈前教育」だ。

釈前教育とは

刑務所内ではあるが、これまでとは違う、比較的一般家庭に近いかたちでの生活に変えて、ソフトランディングしていく。そういった場所に、少ない荷物とともに、優は移された。しかし、いかんせん優には、三五年間のブランクがある。「釈前教育」と言われても、正直ピンと来ないところもあった。

まとめた荷物を手に、刑務所の雑居房を出て一軒家のような部屋に入った。

「こ、これは……」

目の前に一般家庭のようなリビングが広がった。これまでとの圧倒的な違いを感じることができた。とにかく広い。トイレの便器も目に触れる場所にはなく、一般家庭そのものだった。四〇～五〇平方メートルほどのリビングが、優が釈放前に一カ月ほど過ごす部屋だった。

窓を開けると、そこには慣れ親しんだ幾何学模様の鉄格子はなく、窓を全開することができた。「空がよく見えるなあ」。優は無邪気にそんなことを思った。広い玄関もあり、玄関を出入りするという行為は本当に新鮮で、日常生活を送る上で屋外と部屋の中という場所の明確な切り替えを意味する大切な場なのだと知った。

刑務所内のテレビは一定程度観ることができたため、世の中のある程度の流れや流行を全く知らないというわけではなかった。ただ、ブラウン管越しに見ている世界と、実際にそういった生活に身を置くことは全くの別物だった。「釈前教育」では世の中に出ていくために必要な最低限の生活基盤を急ピッチで整えていった。

その期間、わずか一カ月。これまで年金の手続きなどは刑務官が手伝ってくれていたが、これからはそれら全てを自身でやっていかなければならない。刑務所に来て一〇年ほどが経った頃から、仮釈放後の身元引受人になる更生保護施設などと連絡を取ったりもしてきていた。

三〇年以上の「施設内処遇」から、「施設外処遇」へと移管していく時期だ。まずは、一般社会にできる限り近づけた日常生活の体験が必要ということだった。

一人、この広い空間に暮らすということに、優はなかなか慣れなかった。部屋の中をとことこと歩いて隣の部屋に自由に行くという感覚が全く失われており、いつも部屋の隅っこにいて、生活圏は相変わらずの畳三畳ほどと狭く、大きくて広い部屋ではそわそわとしてしまい、何をしたらいいのか皆目わからなかった。お風呂やシャワーの時間に制限がないことにも慣れず、一〇分程度で急いで出てきてしまう。骨の髄までしみ込んだ刑務所での生活臭が抜けきれなかった。

優が刑務所に入った当初、日本は田中角栄のロッキード事件の判決にわいていた。世界を見渡せば、アメリカがドナルド・レーガン大統領、イギリスはサッチャー首相が世界のトップとしてリードしていた。日本の経済も未だうなぎ登りで、世の中に活気があった。終戦から五〇年は経っていなかったが、テレビを付ければリズミカルな流行歌が流れ、時代に勢いがあった。そんな頃からずっと刑務所内で過ごしてきた。

やっぱり半信半疑に近かった。仮釈放が認められたうれしさとこれからどう過ごしていけばいいのかという緊張感が交錯し、刑務所内で過ごす時間とは全く別物の不思議な時間だった。これから生活していくために、収監された当時と変わった法律について内容の説明を受けたり、一般生活に向けての教育的ＤＶＤを見て感想文を書く時間もあった。これまでの刑務所での生活の振り返りを求められることもあった。刑務官は一様に優しく、再犯して戻ってこないような心構えを改めて説いた。

最近の生活習慣に慣れたとは言いがたい状態のまま、あっという間に一カ月近くが経った。仮釈放の直前、これまでに働いた分の現金が手渡された。計一五〇万円。これが多いのか少ないのか、優には判断がつかなかったが、平日毎日刑務作業をして、貯金できたのが年間約四万五〇〇〇円ほどだったということになる。とにもかくにもその現金を優は受け取った。

久しぶりに自身の手で握りしめた現金紙幣。しっかりした紙質で、紙幣独特の触り心地を指先に感じた。妙な話だが、その紙幣の肌触りに、「仮出所するんだ」と身体が納得し、やっと実感がわいたという。

全てを終えた仮出所の日は初夏の快晴だった。暑すぎることもなく、過ごしやすい日で、多くの人にとっては何の変哲もない平日のある日だった。優はこの日を万感の思いで噛みしめていた。これまでに二度、資格取得のため刑務所から出たことはあったが、私服ではあったものの、いずれも両手は自由ではなく、腰紐もつけられている状態だった。だが、今回は違う。全てが自由で、一つにまとめた荷物も自身の手でしっかりと持つことができている。

刑務所に保護司さんが迎えに来てくれていた。受刑者の仲間たちから声がかかることもなく、慣れ親しんだ刑務官が見送りに来るということもない。一人、新しい一歩を踏み出すわけだが、思いはこみ上げた。

「あー…、ようやくここを出ることができる」

重厚な門を出る時、自然と頭を下げていた。確か、刑務所に入る時も思わず、頭を下げてしまっていたが、今回は自然に頭を垂れる優の姿があった。それは、入る時よりもはるかに長い、長い静止の時間だった。「三五年間、ありがとうございました」。生かされた命と、そこでの出会い、そしてこれからも続く償いの道、全てに感謝する思いだった。

三五年ぶりの「外」

迎えに来てくれた保護司さんの車の助手席に乗せてもらった。周囲がよく見渡せた。優が刑務所に入る前よりも格段に性能がよくなった自動車の内部が驚きの連続で、かっこよかった。エアコンも音が小さい。カーナビと呼ばれる大変便利な道案内の装置なるものも搭載されていて、刑務所に入る前に、かつて想像された近未来の姿がそこにあった。

最寄り駅の方にまずは向かってくれた。そこには優がよく目にしていた鉄塔が建っていた。営繕係の時、刑塀の上にかかる電線の手入れのため、高い場所に登って、よくその鉄塔を遠くから眺めることはあったが、車の中から間近で見ると、鉄塔は大地にそびえ立っている印象で、その迫力に思わず目を見張った。

その日のお昼に、保護司さんとステーキを食べようとレストランに立ち寄った。といってもファミリーレストランだ。刑務所で生姜焼きやハンバーグが出ることはあっても、ステーキが出たことは一度もない。三五年ぶり以上の牛肉だ。どこにでもある普通のファミレスだったが、夢のような時間だった。ドリンクバーというものがあったが、どういう意味かわからなかった。

釈前教育でもファミレスのドリンクバーの使い方までは教えてもらえない。何杯でも飲んでもいいというシステムに驚愕だった。であるならば、何だかたくさん飲まなければ損してしまうような気がして、優はたくさんの種類を飲んだ。「もう一杯飲んでもいいですか」と許可を取る癖も抜けきれず、保護司さんがほほえんでくれているのがわかった。

刑務所内では、食べる時間もしっかりと決められていた。焦って食べようとする優に、保護司さんは「ゆっくりでいいですよ」と声をかける。「ああ、そうか。特に時間は決まっていないんだ」と笑い合う。こんなにもおいしそうにステーキを食べる姿に、こんなにも楽しそうにドリンクバーの前に並ぶ初老の姿に、周囲は少し不思議に思いながら見ていたかもしれない。

ファミレスのステーキに涙が出るほど「おいしい」と感じてしまった。被害者に申し訳ないという思いも胸に渦巻いたが、久しぶりに食べる口の中にあふれ出る肉汁がおいしくてたまらなかった。仮釈放された現実が、肉汁とともに少しずつじわじわとしみ出てくるような感覚だ。そして、その自由が少し怖くもあった。「一カ月前まではまさかこんなステーキを食べる日が来るとは夢にも思わなかったから」。ほほえむ保護司さんを前にゆっくりと穏やかなその時間を味わった。

その後、都心を通った。三五年前と全く変わってしまっていた。ビルが乱立し、そのビルの高さも尋常でなかった。まるで新しい世界に舞い降りたよう。見る物全てが新鮮で、ビルの高さに首が痛くなってしまう。「浦島太郎」とはまさにこのことで、驚きの連続だった。

今日この日の朝までは、三〇年以上過ごした刑務所の中にいたわけだ。夢見心地のままのドライブを終えて、今後お世話になる更生保護施設に到着した。ここで、一年半以上お世話になることになる。仮釈放といっても、急に一人暮らしをするには不安が残る。保護施設で生活しながら住居や就労などの日常を送る準備を整えた上で、自立していくのが一般的な流れだ。結果的に優はここで二年半にわたってお世話になったわけだが、優の当面のすみかになる。玄関で靴を脱ぐと、優より前に入居していた人たちは「新入りだ」といった面持ちで、優を品定めするようにじろじろと見た。その視線はどこか、刑務所に入りたての頃に浴びた感覚と似ていたりもした。

まずは、優が持っている現金を施設の金庫に預けるなどして入所の手続きをした。施設内で過ごす際の説明を受けていく。「いよいよ、ここで新しい生活が始まる。早く基盤を整えないと」。優は、はやる気持ちを抑えながら、新たな世界を歩もうとしていた。

弁護人との再会

それから数日後のことだ。優はどうしても会いたい、会わねばならない人の所に向かっていた。訪ねたのは、かつての弁護人・宮本の法律事務所だった。「こんにちは。ごぶさたしています」。三五年以上を隔てての「再会」だった。ぐっとそれぞれの両手を握り合う。これまでは拘置所のアクリル板越しか、法廷でしか会えず、初めて生身の身体をもって、宮本と固い握手を交わすことができた。宮本の方が少し年上だが、ほとんど同世代。お互い白髪が混じった姿を笑い合いながら、所は違えども、ともに生きてきた軌跡を語り合った。

宮本は言う。「ぼくの長い弁護士生活でも、無期懲役判決を受けた二人のうち、一人はすでに仮出所していたが、ようやく二人目も仮出所し、大変感慨深いものがあった。面影が全く変わっていなくて、本当によく頑張ったと、何度も声をかけさせてもらった」。予定の三〇分よりも延長し、一時間近くお互いのことを話し続けた。

後日、優は宮本に手紙を書いた。「猛暑の候　先生、とてもお忙しいなか、お会いして下さり、誠にありがとうございました」と書き出した手紙には、優の優しさと仮出所できた感慨、そしてこれから歩む未来への決意がしたためられていた。

優は、服役が始まる際にも宮本に手紙を書いているが、その時の筆跡の弱々しさからは見違えるほど、大きく自信を持った筆致に変わっていた。

「拘置所で面会に来て下さった時など、先生はひとつも笑ったことがございませんでした。ですから、このたび、お顔を拝見した時、ほほえんでばかりでしたので、本当のところ別の人かと思いました。でも、お話をするうちに、少しずつ当時の面影と重なり、話し続けておりました」と、率直なうれしさを綴った。

「弁護士の先生のお仕事はタイムイズマネーでしょう。何かの本で読みましたから……長くお話させていただいたのは先生の愛情でしょうか。本当に、本当に言葉に表せぬ程うれしく思いました」と言葉の端々に喜びがにじみ出た。そして、「お話し中、先生の面影を思い出し、会話のリズムのようなものの違いを感じてしまいました。先生、そう思いませんでしたか。これが中に長く居た人の心なのでしょうか。先生はとてもエネルギーにみちて、若く、感じました。きっと夢に向かって歩んでいるからだと思います」と喜び、こう続けた。

「先生にお会いでき、本当に、本当にうれしく思いました。このよき思い出を力にして更生に向け生きていきたいと思います。誠に、誠に、ありがとうございました」

新たな日々が始まった。

更生へ

社会復帰への道のり

更生保護施設で暮らしながら、さまざまな手続きもした。年金の手続きを自分でおこない、銀行で通帳も作った。刑務所で貯めたお金はその銀行通帳に移した。銀行で通帳を作る時は、受付で名前が呼ばれてしまうのではないかとドキドキと冷や汗が流れたが、刑務所の時と同じように受付番号で呼ばれ、心からほっとした。隠れて生きているわけではないが、自身の名前が呼ばれ、「元受刑者」だとわかってしまうのが、何より怖かった。

生活していく上で、携帯電話は必需品。便利な世の中になったな……と優はつくづく感心した。これなら家にいなくても、すぐに話すことができる。携帯があったら生まれなかったすれ違いや犯罪もきっとあっただろうに……そんなことを思った。もちろん、それは逆もまたしかりで、携帯電話が普及したからこそのすれ違いや犯罪も生まれている。

日常生活が始まる中で、優が最も手こずったのが電車の乗り方だった。事件前、切符を買って乗るのが普通だった生活の中で、交通系ＩＣの「チャージ」という名の仕組みがよくわからなかった。刑務所にいた頃、釈前教育で、公共交通機関の乗り方は習ったはずだが、実際にやってみると、チャージのやり方や考え方が不思議だった。「このカードのどこにそんなシステムが搭載できているのか。なぜ残金を計算できているのか……」。お店に行っても、クレジットカードを使う人も多く、給与も振り込みだと知って驚愕した。

現金のやりとりがなくなっていることに、自身が刑務所を出る直前に握りしめた現金の感覚も、どこか世の中の流れに置いてきぼりをくっているようなことだったのかもしれないと痛感した。

優が服役していた約三五年。確かに世の中は変わった。電車の乗降がＩＣカードで便利になった分、無味乾燥になったように感じたが、乗っている乗客の表情も変わったと優は感じた。ある日のこと、ベビーカーを押している母親と赤ちゃんが電車に乗ってきた。降りていく際、ベビーカーが何かに引っかかり、うまく降りられないアクシデントに見舞われていた。誰か席を立って、母親を手伝ってあげるようなそぶりは皆無。優は率先して席を立ち、「大丈夫ですか」と声をかけ、ベビーカーを降ろすのを手伝ってあげた。別に「ありがとう」という言葉が欲しかったわけではないし、お近づきになりたかったわけでも当然ない。ただ、困っている人を前に、自然と身体が動いたわけなのだが、母親が優の顔を見た時の表情が突き刺さった。「ありがとう」はおろか、「なに、うちの子のベビーカーに触っているんだ」と言わんばかりの冷たさで、きつくにらまれ、迷惑な顔をされてしまったのだった。優は唖然とした。

優が戻ってきた社会の多くは無関心に満ちていた。関心を持たれると、逆に迷惑がられてしまう。「個」が浮遊する状態で、たまにぶつかるとそれを極度に恐れるような状況だと感じた。

人間同士の距離が遠い。「変わったなあ」と、優はしみじみ思った。三五年前の社会はもっと温かかった。多くの人に余裕があり、もっとお節介だった。今は違う。余裕もなく、お節介はありがた迷惑の最高峰に君臨していた。

日本人が観光などで来た外国の人から「優しい」「親切だ」と言われるけれど、それは「裏腹ではないのかな」と優は思っている。「親切ぐらいの距離感で押し留めているだけ。本当は余裕がなくて苦しい状態で、それ以上入ってきてくれるなとの裏返し。本音が苦手な社会になっているのではないか」と話す。

「もう一度、船乗りになりたい。寒いのはやっぱり苦手だけれど、遠洋漁業の船に乗って、南の方に行った時の漁は最高だった。潮風を浴びながら、もう一度めいっぱい働けたらどんなにか楽しいだろう」

優はもう一度仕事がしたいと思っていた。年齢的には定年の年齢を超え、ただでさえ就職するのは難しい。ただ、身体を動かして社会の小さな歯車として存在し、暮らしていくための食い扶持を得る。それは社会の一員になったようで最も人間らしいことでもあると、思っていた。

更生保護施設では、ハローワークの担当者を紹介してくださり、つながることができた。陰ながら、就職活動をよく助けてくれた。面接の仕方やネクタイの結び方、履歴書の書き方などをサポートしてくれる担当者だ。優の場合は、履歴書に空白の三五年間がある。企業側にも偏見なく受け入れてもらえるよう「橋渡し役」を務めてくれる人だった。

刑務所内では大変成績のよい模範的な受刑者だったとしても、社会の理解はまた違う。そういったことをうまくかみ砕いて説明し、優のよさをわかってくれる企業につなげる仕事は大切になる。

優はネクタイを結んだことがなかった。以前、ボーイとして働いていた頃は、ネクタイではなく、蝶ネクタイ。就職活動というものもしたことがなく、若い頃に戻ったかのように何だか新鮮だった。ネクタイを締めると、気持ちも引き締まるとよく言われていたが、「本当にそうなんだ」とみなと同じ「普通の感覚」を持てることがうれしくもあった。生き直したいと心からそう思った。

面接に行っても何件か断られたりもしたが、ある時、福祉施設の清掃の仕事の面接に行くことができた。ハローワークの担当者が見つけてきてくれた面接だった。施設長に受刑中のことなども聞かれず、その礼儀正しさや実直さを買われて、採用してもらえることになった。刑務所で電気関係の資格を取ったりもして、直接それらを生かせるという場所ではなかったが、身体を動かして働き、給与を得ることができる。それは何よりもうれしく、ありがたいことだった。

デジタルタトゥーの恐怖

その福祉施設は多くの女性が働いていた。その現場の女性たちはおしゃべりも大好きで、少しずつ優に挨拶をしてくれるようにもなった。福祉の現場は忙しい。少しでも力になろうと、清掃の仕事に余念がなかった。刑務所にいる時から、毎日清掃はしてきた。当たり前にやっていたことが仕事になるということで、優にとっても大満足だった。「月々使えるお金は少ないけれど、人並みに働くことはでき、生きてきてよかったと思える幸せな毎日だった」と話す。

そんな生活が一年ほど続いたある日のことだった。いつも挨拶や、ささやかな会話に彩りを与えてくれた人たちの様子が、何だか明らかに変わった。挨拶をしても返してくれなかったり、目も合わせてくれず、関わりたくないといった雰囲気がありありで、何やら、ひそひそと話をしたりしているようだった。最初は気にしないでいたが、どう考えてもよそよそしい。何だろう、何かへたなことでも言ったかな。そう感じて、自身の言動を振り返ってもみたが、周囲を不快にするようなことはしていないはずだった。考えても、考えても思い当たる節がない。

もしかしたら……。携帯はガラケーからスマホに持ち替えていた。スマホで、自分の名前を恐る恐る検索してみた。「はっ……」。自分でも息が止まるような出来事が起きていた。

インターネット上の法律系のサイトの判例集に優の名前が載っていたのだった。珍しい判決だったり、裁判所が新しい価値基準を示した判決だったりすると、判例集に事件の概要が載ることはあるが、その事件の概要に被疑者名がそのまま載ってしまっていることはほとんどない。

血の気がみるみる引いていくのが明確にわかった。人生の半分以上の三〇年を超える月日を服役し、ようやくこれから新しい自分の人生を歩めるはずだった。事件のことをなかったことにすることはできないけれど、仮釈放を与えられた今、もう一度自分の人生を歩み直せるチャンスでもあった。なのに……。罪名だけ見れば、どんな理由と事情があったにせよ、一般的な大多数の感覚からすれば、それは「凶悪犯」に値する。

過去が優を縛り付ける――。

改めて、福祉施設で仲よくなった人たちの冷ややかな視線や軽蔑しているような目線が、優の心をみるみるしぼませた。風船の中の空気がどんどんとなくなっていくように、どうすることもできないといった思いで優も愕然とし、希望に満ちた気持ちは深い海の底に沈んでいくようだった。

施設の責任者に事情を話した。責任者側は優のこれまでのことは履歴書にも書いてあり、知っていたが、従業員全てが了承しているわけではなかった。施設側もどうしたらいいのか、と戸惑いの表情を見せていた。法テラス（日本司法支援センター）にも相談したが、「居づらいでしょうし、仕事はそのまま辞めた方がいいのでは」との答えを繰り返した。

せっかく探し当てた仕事で、居心地も悪くなかったのに。なぜこんなあっけなくも簡単に去らなければならないのか。「何の因果があって……なんてことをしくれたんだ」とそのサイト運営会社に、怒りに近い悔しさがこみ上げた。

その頃、刑務所から出所した同じような境遇の仲間から、出所者支援などを専門にしている弁護士を紹介された。急ぎ、その弁護士の元を訪ねた。「知る権利や表現の自由を保護することは必要」とした上で、それでも「事件発生から数十年経過した被告人の氏名、生年月日、出身地といった情報の掲載に社会的意義はなく、被告人の人格権と忘れられる権利保護の観点からは弊害の方が大きい。再犯防止推進法の趣旨からしても、仮釈放などによって社会に戻ってきた人については、社会への再包摂の障壁となる個人情報の拡散から保護することも必要だ」とし、インターネット上から名前を削除する手続きをしてくれた。手続きは手続きとして進んだが、優の心は深く傷ついた。

改めて、自身の境遇を考え込んでしまうことになった。折しも世の中は、新型コロナウイルスが蔓延していた。このままた、生きづらさを抱えた人生に逆戻りするのが怖かった。過去を引きずり、過去を気にし、自分に自信を持てず、肯定してやることもできない。そんな後ろ向きで歩く人生に戻っていくのが嫌だった。悔しくもあった。

「なんで自分だけ、こんなに人生うまくいかないんだ」。負のスパイラルに入っていきそうだった。ちょうどその頃、更生保護施設を出て、アパートで一人暮らしをすることができるようになっていた。一人でいる時間も多く、悪い方向に向かっていきそうだった。

朝顔を育てる

福祉施設の清掃の仕事をやめ、それから悶々とする思いを抱えながら生活保護を申請した。本当は自分の足で立っていたかった。月に一度の薬物依存の回復プログラムにも通っていた。「俺は、薬物依存ではなくて、過去を消したいっていう依存症なのかもしれない」。そんな風にも思うようになった。

「このまま終わるのか。でもこれじゃあ、刑務所にいた時と何ら変わらないんじゃないのか」。

自分自身に問いかけた。「せっかく与えてもらった命。ふさぎ込んだままで終わるのか」と、自分自身をもう一度奮い立たせたくなった。

卑下して生きていきそうになった時に思ったのが、被害者のことだった。刑務所にいた頃は、命日には写経をしたり、法要をしたり謝罪と供養をし続けてきた。過去のことは消えないけれど、それでも自分は生きている。生きる自由を手にできている。それができない被害者と、それができる自分との明確な違いを感じたりもした。それは、刑務所内にいる時より、仮出所してからの方が自由になれた分、やはり大きく痛切に感じるようにもなっていた。「被害者の分までというとおこがましいが、やっぱりしっかりと社会に尽くして生きていかなければ、これまで支えてくれた人を裏切ることにつながる」。そうでなければ、刑務所の外にただ出てきただけで、何の償いにもならない。

自分の話を真摯に聞いてくれた教誨師とのやりとりも思い出した。「教誨師さんはなぜ、僕の話を聞いてくれたんだろう」と改めて考えたりした。

「人は誰でも過去を背負っている」。そんな教誨師の言葉が頭の中に粉雪のように優しく降り注いだ。「そうか。過去が今の人生を歩ませているんだ」。かつて教誨師と会話を交わしたように、自身の頭の中で反芻し、会話していく。「だったら、その過去をやっぱり生かしていくべきなんじゃないか。過去を消したいということにこだわっていくのではなくて、過去を生かしていく。そうすることが、被害者への謝罪にもつながるはずだ」。優は前を向いていた。

その空白の一年近くの時間は、これまでを見つめ直し、本当の意味で刑務所内での日々を総括する時間だったように思う。「釈然教育」では得られない、日常生活を送るノウハウ以上に大切なことのように思えてならなかった。この空白の時間が、自分自身を超えていく時間だったように今は思う。仕事ができず、ふさぎ込んだ日々が、優にとって更生とはどういうことか考える時間を与え、自分の意思をもって実践するんだと生まれ変わった時間でもあった。

「言葉って種なんだよ。植物の種を地面に埋めるように、せっせと人の心に埋めるんだ。それがそれぞれに芽を出して、花を咲かせていく。それでいいんだ。前を向いて生きていかなきゃいけないから」

優はそう思うようになっていた。過去を受け入れ、過去を乗り越えられた瞬間だった。

一年後、もう一度、就職活動を始めた。ハローワークの人にも協力してもらいながら、もう一度働こうと心に決めた。一度はつまずいてしまったけれど、今度はもう大丈夫。転んでもまた起き上がればいい。しっかりと未来を見据えることができていた。

今、優は別の場所で清掃の仕事を続けている。午前中だけの仕事だが、前職よりも長く続けられている。「どんな仕事でも働くことは自分が社会から必要とされている喜びでもある。身体が動く限り、続けられたらいいんだけどな」とにこにこ笑った優。

その一方で、優は今、ボランティア活動にも精力的に取り組んでいる。

「言葉の種を社会に埋めていくこと」。それが優の新たな夢につながっているからだ。

刑務所の外の世界の話だけではない。地続きでつながっている刑務所の中の世界にこそ、その種を届けることが必要だと感じている。

優は今、その思いを実践しようと、出所者の仲間らとともに、服役中の人に向けて、年に何回か、暑中見舞いや年賀状を書くボランティアをしている。優自身、父親の死後、外部とのコミュニケーションは教誨師ぐらいしかいなかった。社会の誰とも接触せず、誰ともコミュニケーションを取れないことは、心を閉ざしやすくする。家族ではなくても、友人ではなくても、誰でもいい。春風に乗るタンポポの綿毛のように刑務所の外から中へ、ふわりと言葉を届ける。誰かとつながっていくということは、服役している受刑者にとって何よりの力になる。優が身をもって痛感したことだった。

「元気ですか？　寒さが厳しくなります。風邪に注意してください」

「あけましておめでとうございます。春が待ち遠しくなりますね」

季節の言葉もちりばめながら、一画一画ペン先に心を込めて言葉を織り込んでいる。負担にならないよう、自分のできる範囲で言葉を紡いでいるのだ。

「劇的な変化を生むことはできないかもしれないけれど、前を向く、生きる小さな希望にはもしかしたらなるかもしれない。刑務所の外から、自分宛に届く言葉たち。それは、新たな世界に向かう種になるからだ。どう芽吹くか、どんな花を咲かせるのか」。

それは恐らく、優自身の心も癒やすボランティアにもなっている。励ましの言葉をかけながら、その励ましは、いつも自分自身にも向かっている。「元気ですか」とまるで自分の心をノックするようにブーメランで戻る。だから今、優の生活は楽しく、とても生きやすくなっているという。

そんな優は仮釈放後から、朝顔を育てている。暑さの影響からか、二〇二三年はなかなか芽を出してくれずやきもきと気をもんだが、無事にすくすくと育ち、ある日の朝、立派に花を咲かせてくれていた。ベランダから太陽に向かって「おはよう」と身体を伸ばす朝顔の姿がうれしく、優の心を明るく照らしてくれていた。

教誨師に言われた言葉がやっと理解できた。

「自分の人生をちゃんと生かしなさい」。ずっとその言葉の真意がわからずにいたのだが、最近、優はようやくその意味が理解できるようになっている。もう二度と会うこともない教誨師の言葉に支えられ、今を生きている。

「もう一度生き直したい。そんなチャンスを与えてもらえて、今は感謝しかない。その思いを大事に抱えて生きていく、きっとそれがぼくなりの幸せっていうことなんだろうと思うから」

優が大切に育てている朝顔。今年も立派に咲いてくれた

優が朝顔を見守る表情は驚くほど深い優しさに満ちていた。

第2部　犯罪の背景と社会復帰を考える

1 アイヌ民族と福祉

アイヌ民族の母親と、和人《わじん》（アイヌ民族から見て、アイヌ民族ではない日本人を指す呼び名）の父親から生を受けた優さん。生まれ育った故郷にそんな家庭は多くあったが、先住民族との関わり方は今、大きく変わろうとしている。二〇一九年にはアイヌ施策推進法が制定され、アイヌ民族が「日本の先住民族」として初めて日本の法律に明記された。福祉面からみても、先住民族との関係性は、かつてなく強い。社会福祉の基盤となる「ソーシャルワーク専門職のグローバル定義」に先住民族との向き合い方が明確に盛り込まれ、先住民族への抑圧と搾取の社会構造を問い直す作業が進んでいるからだ。アイヌ民族と福祉について「現在地」を探った。

社会福祉士や精神保健福祉士など福祉を志す人の指針に「ソーシャルワーク専門職のグローバル定義」がある。旧定義は二〇〇一年に採択されたが、二〇一四年七月の豪州メルボルンでの国際ソーシャルワーカー連盟（ＩＦＳＷ）総会で新定義になった。

旧定義では「ソーシャルワーク専門職は、人間の福利（ウェルビーイング）の増進を目指して、社会の変革を進め、人間関係における問題解決を図り、人びとのエンパワメントと解放を促していく……ソーシャルワークは、人間の行動と社会システムに関する理論を利用して、人びとがその環境と相互に影響し合う接点に介入する……人権と社会正義の原理はソーシャルワークの拠り所とする基盤である」としていた。

だが、新定義では「ソーシャルワークは社会変革と社会開発、社会的結束、および人々のエンパワメントと解放を促進する、実践に基づいた専門職であり学問である」とし、「社会正義、人権、集団的責任、および多様性尊重の諸原理は、ソーシャルワークの中核をなす。ソーシャルワークの理論、社会科学、人文学および地域・民族固有の地を基盤として、ソーシャルワークは生活課題に取り組みウェルビーイングを高めるよう、人々やさまざまな構造に働きかける。この定義は各国および世界の各地域で展開してもよい」などとした。

つまり、何が変わったか。それは西洋中心主義や近代主義への批判の視点が明確に加わったということだ。社会福祉士を含むソーシャルワークの役割に「先住民族への働きかけ」が刻まれ、その背景は「植民地主義の結果、西洋の理論や知識のみが評価され、地域・民族固有の知は、西洋の理論や知識によって過小評価され、軽視され、支配された」とし、「西洋の植民地主義の反省に基づく」という事実を認めたのだ。

抑圧と搾取に苦しんだアイヌ史

それは西洋だけでなく、明治政府がアイヌ民族に強いた屈辱も全く同義だ。

アイヌ民族は一万年以上も前から北海道やオホーツク海沿岸の北の大地に根付いた先人たち

だ。樺太《からふと》や東北、千島《ちしま》列島などの大地にも多く暮らしていた。アイヌ民族は、この世の全てのものに神が宿り、人間はその中に生きるという考え方を持つ。大地や山河の恵みをつつしみ深くいただき、万物の神々を敬い、礼節を重んじ、争いを好まない、自立した穏やかな民族だ。だが、中世にはアイヌ民族の移住地を和人は「蝦夷地《えぞち》」と呼び、たびたび「侵略」していく。農耕民族から中央集権的な体制を強化するとともに北進を続け、海を越えて領土を拡大。それは自然資源の収奪とアイヌ民族への理不尽な交易の繰り返しで、大規模なものでは少なくとも三回の戦いがあったことが記録されている。

一五世紀のコシャマインの戦い、一七世紀のシャクシャインの戦い、一八世紀のクナシリ・メナシの戦い。アイヌ民族は、いずれも和人たちの圧倒的な兵力とだまし討ちで敗北を余儀なくされていく。ちなみに、こうした戦いは、アイヌ民族が日本の一部という認識のもと、教科書では長く「戦い」ではなく、「シャクシャインの『乱』」と表記された。表記が改まったのは一九九六年頃で、極めてその歴史は浅い。

とりわけアイヌ民族を苦しめたのは近代に入ってからだ。時は、帝国主義史観に基づく植民地支配の時代。当時西欧諸国はアジアを「未開の地」と見ていた。そのまなざしは日本にも向けられ、列強から治外法権を認めさせられる不平等条約として現実化し、日本人に屈辱感をもたらしていく。日本も大急ぎで列強に肩を並べたいと、明治期の文明開化や、脱亜入欧の精神と結びついていった。

その後、日本は日清戦争（一八九四‐九五）に勝ち、清国から割譲された台湾の領有で国威の高まりは最高潮に達する。一九〇二年に日英同盟が結ばれ、帝国主義に仲間入りした。翌年、大阪で開かれた内国勧業博覧会（明治の万博）で、アイヌ民族や琉球人などが「七種の土人」として、生身の人間が「展示」されたのは象徴的だ。これがいわゆる「学術人類館」事件であり物議を醸すことになった。これまでの劣等感を解消するためには、「未開」なアジアの中で日本を最上位に置く必要があり、「未開」からの脱却の装置の一つとして人間そのものを展示する「人間動物園」として機能させ、差別の構造的仕組みを埋め込んでいこうとしたのだった。

禁止される言葉と風習

明治期、日本では盤石な天皇制を確立するためにもアイヌ民族を「教導」していくことが必要とされ、「蝦夷地開拓」「対ロシア政策」「アイヌの同化政策」は三位一体として進んでいった歴史がある。一八七七（明治一〇）年に制定された北海道地券発行条例に基づき、アイヌ民族の住居は全て「官有地第三種」とし、和人（日本国の日本人）が移住しやすいようにアイヌ民族の土地を「官有地」としていった。また、アイヌ民族の人たちにとってサケやシカは主食であったが、それも一八七三（明治六）年にはアイヌのコタン（アイヌの集落）があった主な川の漁が禁止されるなどした。それから三年後、シカ猟についても同様に禁止された。

一八七一（明治四）年の通達で、入れ墨などアイヌ民族を象徴する風習が一方的に禁止され、アイヌ語を話すことも禁止され、アイヌ民族のアイデンティティを形成する風俗習慣はことごとく強奪されていった。

矢継ぎ早のスピードで次々に同化政策がおこなわれていったのだ。和人たちで追い詰めておきながら貧困にあえぐアイヌ民族を「救済・保護」する目的で一八九九（明治三二）年に北海道旧土人保護法が制定されたが、「保護」とはあくまで建前に過ぎず、アイヌ民族の人たちには粗末な土地が与えられただけだった。

元々アイヌ民族は文字を持たない。アイヌ語を話さない世代が続けば、それだけ言葉は遠のき、その衰退は加速度的に進む。

ストーリーの中で、優さんの母親がアイヌ語を話さず、親族宅に行くと祖母の口元にアイヌ民族の入れ墨が入っていたというのは、そういった世代の過渡期だったことを彷彿とさせる。明治生まれの祖母と大正生まれの次世代の母親とでは、同化政策に直接的にさらされた世代と、さらされた親を間近で見てきた世代という違いがある。同じ時代を生きていたとしても、そこには明確な線引きがあったことがうかがえる。

やまぬ差別と偏見

ちなみに北海道旧土人保護法は、一九九七年にアイヌ文化振興法が制定されるまで一〇〇年ものあいだ、この国に寝そべり続けた。こういった歴史的な背景で、アイヌ民族は貧しく、苦しい生活を強いられ、「差別」と「搾取」の対象にされていく。

二〇一三年に北海道が実施した「アイヌ生活実態調査」によると、アイヌ民族の大学進学率は二五・八％で、アイヌ民族が居住する調査対象の市町村の平均の四三・〇％を大幅に下回る。

生活保護受給者の割合も四・五％で平均の約一・四倍。困窮している人が多い実態が浮き彫りになった。

それは現在も続く。

最新の二〇一七年調査でも、大学進学率は三三・三％。向上してきてはいるが、市町村の大学進学率と比べると、未だに一二・五ポイントの差がある。「生活が苦しい」と答えたのは二七・一％に達した。北海道での苦しい生活や差別に耐えかね、関東圏で暮らすアイヌ民族も多くいた。

一九七〇年代頃は、当時関東に暮らしていたアイヌ民族の宇梶静江さん（九二）＝北海道白老町在住＝が「ウタリ（同胞）たちよ、手をつなごう」とのタイトルで新聞に投書し、関東圏を中心に暮らしていたアイヌ民族たちの反響を生み、東京ウタリ会が設立され、アイヌ差別解放運動も盛んになっていた。

だが近年では、「私はアイヌ」と名乗れない「サイレント・アイヌ」が増えてきている傾向もうかがえる。北海道「アイヌ生活実態調査」で、道内のアイヌ人口は戦後、二〇〇六年の調査まで二万三〇〇〇～二万四〇〇〇人台で推移していた。だが、次の二〇一三年の調査で一万六〇〇〇人台の三割減。二〇一七年には一万三〇〇〇人台と、たった一〇年余でほぼ半減したことになる。自然減とは考えにくく、「私はアイヌ」と名乗れない人の存在が透けて見える。

その背景には、やまぬアイヌ差別やヘイトスピーチがあることは間違いないだろう。日本では差別の範囲が狭く、刑法においても、名誉毀損や侮辱がなければ差別に当たらないとの認識が大半だ。だが、ドイツやイギリスなど欧州では、二〇〇〇年代に先住民族を含めたあらゆる差別を禁ずる包括的な差別禁止法が成立。先住民族の権利奪還運動も全世界的な広がりを持ってきた。

ひるがえって日本はどうか。日本では二〇〇七年に先住民族の権利に関する国際連合宣言を採択し、翌年には衆院本会議でアイヌ民族を先住民族とすることを求める決議を可決したものの、それを法律に明文化するには、それから一二年もの年月を費やすことになる。結局、二〇二〇年の東京五輪を控えて、突貫工事的に二〇一九年にアイヌ施策推進法（アイヌ新法）が成立した。

だが、アイヌ遺骨返還訴訟にも関わってきた市川守弘弁護士が指摘するように、根本的な問題は解決していない。それは明治以降、アイヌ民族のコタンから資源や土地を違法に奪った事実への謝罪はなく、コタンという集団としての漁業権や狩猟権は未だ剝奪されたままだからだ。アイヌ新法の制定とともに、北海道白老町にできたアイヌ文化復興拠点「民族共生象徴空間（ウポポイ）」も全てのアイヌ民族の求めに応じてできたわけではなく、「アイヌ文化は舞踊だけではない」といった声も根強い。

そういった大きな流れの中で、ポストコロニアル（植民地主義以後）の潮流を反映するかたちで、西洋的思想、近代的原理への批判を込めて、冒頭に記したように、二〇一四年の「ソーシャルワーク専門職のグローバル定義」が生まれたという流れは押さえておくべきだ。

学校生活や就職、結婚など、事あるごとにアイヌ民族は差別偏見を受けてきた。今回のストーリーの中でも、優さんが、アイヌ民族の母親をもつということで、いじめに近い嫌がらせを受けていることも伝えた。マジョリティ（多数派）とは数の多さだけのことを指すのではなく、どれだけ社会的な権力があるかを示す。アイヌ民族が多く暮らしている地域であっても、マジョリティ側に立つ和人からの「攻撃」にさらされ続けたのだ。

内なるアイヌ民族の精神性

だが、問題の真の核心は、こういった差別について、当のマジョリティ側の和人たちには当事者としての認識が乏しいということだ。つまり、「問題」として向き合う以前に、知られてさえいないということだ。

例えば、内閣官房がアイヌ民族を対象におこなった二〇一五年の調査で「差別がある」と答えたのは七二％に上ったのに対し、内閣府が国民におこなった二〇一六年調査で「差別がある」と答えたのはわずか一七％だった。マジョリティ（多数派）のあいだで社会課題とさえ認識されていない実態が如実に浮かび上がる。こういったアイヌ民族への無理解が、ヘイトスピーチを生みやすい土壌にもつながっていることは容易に理解できるだろう。問われているのは「和人側」ということだ。

そういった中で、福祉は何ができるだろうか。少なくとも、先住民族の問題や課題をまずは知ることから始めなければならない。ソーシャルワークを志す人の中でも、マジョリティ側に籍を置く人がほとんどのはずだ。教育や就職などの差別は許されず、差別偏見の解消に向けて率先して動き、当事者の声に耳を傾けていくことは今後ますます必要になる。

アイヌ民族など先住民族の問題は国家によって意図的に可視化されにくくもなっている。国にとっては見られたくない、聞かれたくない話で、知らなければ知らないに越したことはないと、その様子をうかがっているようにも思える。見ようとしなければ見えてこない問題はこの国に多いが、その一つが先住民族の問題だともいえる。

特に、アイヌ民族は、民族を代表する機関を持たない。先住民族に詳しい室蘭工業大学の丸山博名誉教授によると、例えば、北欧の先住民族サーミの場合、サーミ議会といった代表機関があり、国家的行事に参加するかしないかなどはこの代表機関で民主的に決めていくのだ、という。アイヌ民族は各地域に協会や団体があるものの、決して一枚岩ではない。国が恣意的に特別に、ある協会にだけ肩入れして情報や権限を流せば、同じ民族同士でも隔たりを生み、分断を意図的に誘発させることも可能ということだ。そうならないためにも、「個」がベースにある福祉が、より丁寧にそれぞれにソーシャルワークしていくことが期待されている。

また、「サイレント・アイヌ」が生まれているように、アイヌ民族が自己肯定感を持ちづらい状況にあることもだ。アイヌ民族の意思を尊重し、自己決定力を高めることができるか否かが、福祉に求められている。

アイヌ民族は元来、狩猟民として生活してきたが、狩りでも「俺が取った」と声高ではなく、「相手（神様）が矢を受け取ってくれた」と捉えてきた。全てに神が宿り、アイヌ民族自身が自然の一部と考える、その崇高ともいえる精神性は現代社会とは正反対の考え方ともいえる。

現代社会が陥る人間中心主義の世相について、アイヌ民族という存在が改めて立ち止まらせてくれているようでもある。

アイヌ民族の内なる精神性に触れ、学ぶ姿勢を持つことが何より大切になってきている。アイヌ民族の問題は今、北海道という限定された地域固有の話ではなく、日本の国民がどう差別や過去と向き合っていくのか、国と国民のあり方をどう考えいくのかという問いを突きつけている。

アイヌ問題から自分を問い直す

私自身、新聞記者としてアイヌ民族の取材を始めたのは、二〇二〇年の新型コロナウイルス(以下、コロナ)禍がきっかけだった。今でこそ「ｗｉｔｈコロナ」は合い言葉のように使われるが、思い返すと、コロナがまだ何ものなのかさえわからなかった頃、和人は当初、「コロナに打ち勝つ」と大層勇ましかった。

一方で、アイヌ民族はコロナにも宿る神の存在を信じていた。コロナと戦い、撲滅させ、人間側が打ち負かすのではなく、アイヌ民族はウイルスにも神の存在を信じて敬い、「私たちの世界から去ってください」と祈りの儀式を捧げていた。その考え方は衝撃的で、自然と共生して生きるアイヌ民族の精神性に強烈に惹かれたのが始まりだった。今では、何くわぬ顔をして、アイヌ民族の考え方を踏襲したような「ｗｉｔｈコロナ」が主流だ。

ただ、アイヌ民族を知れば知るほど、それは和人たちが引き起こした差別の歴史を目の当たりにすることになり、和人という私自身の存在を問い直す作業にもつながった。まさにソーシャルワークの一歩である「自己覚知」につながっていく。「理解」とは他者に向けられるのではなく、自らに向けられてこそ前に進んでいくことができるということを、改めて考えさせられることにもなった。

冒頭の記述に戻ろう。「ソーシャルワークのグローバル定義」は、こうも続く。「構造的障壁は、不平等・差別・搾取・抑圧の永続につながる。人種・階級・言語・宗教・ジェンダー・障害・文化・性的指向などに基づく抑圧や、特権の構造的原因の探求を通して批判的意識を養うこと、そして構造的・個人的障壁の問題に取り組む行動戦略を立てることは、人々のエンパワメントと解放をめざす実践の中核をなす。不利な立場にある人々と連帯しつつ、この専門職は、貧困を軽減し、脆弱で抑圧された人々を解放し、社会的包摂と社会的結束を促進すべく努力する」。

まさに福祉の根幹が描かれている言葉であるともいえる。この指針に書かれた言葉を先住民族との向き合い方にも当てはめ、どれだけ実践していくことができるのか。それぞれの立場で、考え、行動していくことが必要だと思う。

参考資料

北海道アイヌ生活実態調査報告書（平成一一年、平成二九年）
貝澤耕一・丸山博ほか『アイヌ民族の復権—先住民族と築く新たな社会』（法律文化社、二〇一一年）

萱野茂『アイヌの碑《いしぶみ》』（朝日文庫、一九九〇年）
宇梶静江『すべてを明日の糧として―今こそ、アイヌの知恵と勇気を』（清流出版、二〇一一年）
演劇「人類館」上演を実現させたい会編『人類館―封印された扉』（アットワークス、二〇〇五年）
テッサ・モーリス＝スズキ、市川守弘著、北大開示文書研究会編『アイヌの権利とは何か―新法・象徴空間・東京五輪と先住民族』（かもがわ出版、二〇二〇年）
市川守弘『アイヌの法的地位と国の不正義―遺骨返還問題と〈アメリカインディアン法〉から考える〈アイヌ先住権〉』（寿郎社、二〇一九年）
宇梶静江『アイヌ力《ちから》よ！　次世代へのメッセージ』（藤原書店、二〇二二年）
小坂洋右『アイヌの時空を旅する―奪われぬ魂』（藤原書店、二〇二三年）
上村英明『マイノリティ・ライツ―国際規準の形成と日本の課題』（現代人文社、二〇二四年）

2 被害者の支援

犯罪に巻き込まれた被害者はこの国で長く「孤立」した存在だった。泣き寝入りした被害者や遺族も多く、現在はその体制整備が急ピッチで進んでいる。その礎を築いたのは、被害者や遺族ら「当事者」の声だった。制度を前に進めるために、当時者性は欠かせない。犯罪被害者や遺族が置かれた現状をまとめた。

「孤立」――。そうさせた一因は、多くの犯罪被害者や遺族が指摘するように、報道のあり方にあったともいえる。被害者家族らの心情を顧みることを優先しない取材のあり方や、競争原理の渦中で加熱していく構造的な問題をどう解決していくべきか、現時点でも模索が続いている。

犯罪被害者の当事者やその家族だけではなく、犯罪加害者の家族もまた、巻き込まれた被害者の一人と言っていいだろう。犯罪加害者家族支援団体「World Open Heart（ＷＯＨ）」が二〇〇八年から五年間に受けた相談データによると、相談者の八八％が「自殺を考えた」と打ち明けている。理由は、四一％が「事件報道によるショック」、三八％が「生きていることに罪悪感を抱く」という回答からも、どれほどの衝撃を与えているかがわかる。二〇〇八年に東京・秋葉原の歩行者天国で起きた無差別殺傷事件の元死刑囚の弟も、苦悩の末に自殺に至った。「人を殺してみたかった」と言って、長崎県佐世保市で同級生を殺害した高校一年の女子生徒の父親も自ら命を絶った。

本書の優さんのケースもそうであったように、被害者であれ加害者であれ、ひとたび犯罪に巻き込まれた家族は、元の状態には二度と戻れないほどズタズタに引き裂かれていく。心身ともに体調を崩す人もいる。地域性が濃い地域ほど、腫れ物に触るかのような悪気のない地域からの痛々しい視線、「もっとああすれば、こうすれば救えたのではなかったか」「自分が追い詰めたのではないか」というそこはかとない後悔と悲しみ、大事な家族を奪った者への感じたことのないおどろおどろしい憎しみ……。一生のうちで多くの人が経験しない感情が短期間に一気に押し寄せる。心理的なサポートの必要性はもちろん、福祉的な視点をどう入れ込んでいくのか議論の余地があるようにも思える。

被害者支援の現状

実際、優さんの兄が殺害された半世紀近く前の当時の状況から比べれば、現在の被害者支援制度は少しずつではあるが整いつつある。

その原動力の一つとして、犯罪被害者で作る「全国被害者支援ネットワーク」の発足は大きい。活動の始まりは一九九二年に東京医科歯科大学に犯罪被害者相談室が設置されたことにさかのぼる。それまで孤立していた被害者たちは、これを機に「結集」し、当事者だからこそわかる声を集め、社会に向けてソーシャルアクションを起こしていく。全国から賛同者が集まり、一九九八年に全国被害者支援ネットワークを発足させた。

翌一九九九年には「犯罪被害者の権利宣言」を発表した。長いあいだ、犯罪被害者は刑事司法制度からも社会からも、「忘れられた存在」であったとし、犯罪は社会の規範に反し、人間の基本的な権利を侵害するものだとし、犯罪被害者を理解と配慮をもって支援し、その回復を助けることは「社会の当然の責務」とした。加害者の権利については刑事訴訟法や少年法、裁判法などに多くの定めがあるが、被害者の権利は尊重されていないことに鑑み、損なわれた信頼の絆を回復する必要性を訴えた。泣き寝入りの状態から声を上げ、変革していこうという試みだった。

具体的には以下の七つを挙げ、公正な処遇を受ける権利、情報を提供される権利、被害回復の権利、意見を述べる権利、支援を受ける権利、再被害からまもられる権利、そして平穏かつ安全に生活する権利を「犯罪被害者の権利」だと宣言した。

こういった取り組みが大きな力となり、二〇〇四年には、「犯罪被害者の権利宣言」が骨子に反映されるかたちで、被害者の権利保護を国や地方自治体の責務と明記した「犯罪被害者等基本法」が成立した。政府は五年ごとに犯罪被害者等基本計画を見直し、国の給付金や自治体の見舞金による経済的支援、精神的ケアや刑事手続き関与への支援などの体制を整備するよう努めてきた。現在は、第四次基本計画が進められ、SNS上の誹謗中傷対策が盛り込まれるなどその時々の社会課題が反映されている。全国被害者支援ネットワークも取り組みの輪を広げ、二〇〇九年には全都道府県に被害者支援センターが設置されるなど、この国の犯罪被害者支援の礎を作ってきた。

こういった当事者の声を集めた活動は、ソーシャルワークの中でも「マクロ」な活動と言っていい。

社会福祉士や精神保健福祉士といった国家資格を取得し、その専門性を生かした「ソーシャルワーク」の中で、ミクロとメゾ、マクロへのアプローチは重要な視点になる。ミクロは「個人」に目を向けて相談業務などをおこなっていくことを指し、メゾは「集団」にコミットしていく視点を持ち、集団の中で個人がどのような現状に置かれているか、その環境などに力点を大きく持つことを意味している。そしてマクロな視点は「社会」全体に対して訴え、ソーシャルアクションとして国の制度設計や要望に反映させていくということを意味している。

全国被害者支援ネットワークの活動は、個人的に経験せざるをえなくなった当時者性をミクロのレベルで生かし、メゾのレベルでその輪を広げ、そしてマクロなレベルで法の制定などにつなげていった先進的な取り組みだ。一方で、社会福祉士の国家試験が始まったのが一九八九年、精神保健福祉士の国家試験はその一〇年後の「犯罪被害者の権利宣言」が出された一九九九年から始まったというところからみても、全国被害者支援ネットワークの試みは、福祉的なソーシャルアクションの先駆けの活動であったと言っていい。

被害者支援の内容

実際、そういった活動から現在はどんな被害者支援制度が構築されているのか。

二〇二三年版犯罪被害者白書などによると、二〇二二年度の犯罪被害者給付金の裁定金額は一四億八四〇〇万円（前年度比四億七五〇〇万円増）。裁定に係る被害者数は四〇三人だった。二〇二一年度の遺族への給付金は平均約六六四万円で、最高額でも二三四五万円。これは、死亡時に最高三〇〇〇万円が支払われる自動車損害賠償責任保険よりも低い金額ということになる。制度としてはあるものの、「社会の責務」を果たしていると言えるほど、充実したものになっているとは言いがたい。

被害者は事件直後に経済的負担が大きくなるケースも多く、国は給付金の増額に加えて、仮給付金の速やかな支給にも力を入れていくとしている。

国の姿勢と同じく、自治体の見舞金支給制度を導入しているのも、一六都県一四政令指定都市と依然乏しい現実がある。住んでいる地域によって「支援の差」が生じることがないよう、国は平準化していきたいとしているが、財政状況などによって一律にできていないのが現状のようだ。

実際、二〇一五年の日本弁護士連合会（日弁連）の調査では、殺人や傷害致死などといった凶悪犯罪でも約六割の被害者が当時全く賠償を受けられていなかったことがわかっている。民事訴訟で加害者に賠償義務命令が出ても、加害者側に支払い能力がなかったり、資産状況もわからず強制執行できなかったりするなど「泣き寝入り」の現実も多い。

こうした問題は、世界との開きも大きい。二〇二一年の殺人事件は未遂も含めて日本は八七四件で、被害者に支援した総額は一〇億八八七万円だった。一方、殺人事件が一〇二八件と比較的同規模だったフランスは三九一億四四一四万円で、人に対する重大な侵害は「上限なし」と定めている。日本は裁定基準も複雑であるのと比べ、フランスは「社会の課題」として対応している現状がある。

フランスだけではない。英国も二〇二一年度は一七四〇件の殺人事件が起きたが、二一四億円一九二六万円の公費が投入された。ノルウェーなどはそもそも殺人事件が二三件と少ないが、総額の補償金額は日本の五倍以上の五五億二八四一万円に上った。ノルウェーの場合は補償金を支払うと、国が加害者に対する損害賠償請求を引き継ぎ、回収はノルウェー国家回収庁が担うなど、国が総掛かりで関わる体制ができている。

ちなみに韓国では殺人事件が六五八件、総額は約九億三一二三万円で、裁定基準も複雑化しており、日本と重なる部分が多い。


こういった犯罪被害者への支援は、金銭面だけではない。

警察庁は犯罪被害者が自ら選んだ精神科医や臨床心理士らを受診した際の診療料やカウンセリング料金の公費負担制度に関する経費についても予算措置を講じ、二〇一八年七月までに同制度が全国で整備されるようになっている。二〇二二年度の利用件数は二三三八件で、前年度の二〇三三件を上回り、年々増加している。同制度も、できる限り全国的に同水準で運用されるよう、都道府県警に補助を出すなどし、急ピッチで体制を整えている現状がある。

裁判においても変化がある。二〇〇八年一二月からは、オウム真理教の事件などをきっかけに、事件の被害者や遺族らが刑事裁判に参加し、意見を述べるなどの被害者参加制度が始まった。殺人など生命身体に関する重大事件が対象だが、検察官席の傍に座って、被告や証人に仕切りの向こうから直接質問できるほか、量刑についても意見を述べることができるように変わってきている。被害者の声を直接届ける制度として、被害者感情を表出することで「個人の問題」「家庭の問題」と留めるのではなく、「社会の問題」とするように整えてきてはいる。

警察庁は二〇二三年に、犯罪被害者支援などを専門とする「犯罪被害者等施策推進課」を新設した。人員を増やして体制を強化し、犯罪被害給付制度に基づく給付金を大幅に増額するなど、いよいよ支援を本格化させていく。現在の被害者や遺族への支援に関する業務拡充のほか、関係省庁や地方自治体の取り組みについての司令塔機能を担うなど具体化させていくことに本気度が見え隠れする。

修復的司法とは

事件が起きた際、被害者と最も多く接するのが弁護士と警察組織だ。一方で、昨今の警察組織には捜査機関だけでなく、さまざまな役割が求められている。公衆衛生や公共の安全の狭間に立たされ、ホームレスや精神疾患がある人、依存症を患っている人に関わる機会は増えている。米国の一部の州のように警察署内にソーシャルワーカーが常駐していない日本の場合は、時として警察官自身が一義的にソーシャルワーカーとして地域の悩みに関わり、危機カウンセラーとしての社会的役割を担うこともある。

優さんのケースでもそうだったように、必要なのは精神的な支えだった。ただ、それは警察業務の範疇を超えているだろう。身近で犯罪が起き、そこに被害者や遺族らが生まれた時、福祉としてどんな支援ができるだろうか。優さんが罪を犯した半世紀近く前から続くその問いは、今もまだ継続中のままではあるが、答えが全くないわけではない。

例えば、「修復的正義」「修復的司法」としての取り組みだ。一九七〇年代に北米を中心に広がってきた修復のアプローチで、英語では「Restorative Justice」と表記される。Justice は「正義」とも「司法」とも訳されるため二つの呼び名が存在している。日本では一〇年ほど前から刑事司法分野を中心に取り入れられてきた。

もちろん本来の修復的正義は、刑事司法分野に限らず、誰かと誰かのあいだで傷つくことや悲劇が起こった時に用いることができるアプローチだ。世界では、犯罪に関係なく、いじめの現場における反省と信頼回復の対話、医療の結果が悪かった時の対話、家族間で傷つけ合うことが起こった時、強いては内戦状態でも修復的過程の中で用いられている。一九九五年からは南アフリカのアパルトヘイト廃止後に設置された「真実和解委員会」や東ティモール、アルゼンチンにおける紛争後の対処手段としても取り入れられた。

修復的司法や修復的正義で大事なことは、お互いの考えや現状を対等な立場で耳を傾けていくことにある。「対話」を続けていくということだ。

具体的に、刑事司法分野では、加害者から被害者側に手紙を書くということなどを通して取り組まれてきた。もちろんうまくいくことばかりではないが、「しっかり精進してください」などと被害者側から返事が来ることもあった。特殊詐欺事件の被害者が謝罪や更生を求めていることなどを伝えた結果、加害者側から謝罪の言葉が届き、「被害弁償をしたい」と申し出るなど、「対話」が生まれる例もあったという。これからを一緒に考えていくことがポイントなのだ。

被害者は加害者から事件を起こした理由や謝罪の気持ちを聞き、傷ついた気持ちから立ち直るきっかけをつかんでいく。逆に、加害者は被害者の声を聞いて、罪の重さを実感し、内省を深めて再犯防止につなげていく。二度と被害者を生まないために、未来に向けて、ともに歩んでいく手法だ。

優さんにも当時、そんな居場所があればと思わずにはいられない。対話し、自身の思いを吐き出せる場があれば、自身をそこまで追いつめず、自暴自棄にならず、その心の痛みを幾分かは和らげ、立ち直るきっかけを少しずつでもつかめたかもしれない。

痛みに耳を傾ける

二〇二三年一二月からは改正刑法に基づき、犯罪被害者や遺族の心情を専門の担当官が聞き取り、受刑者や少年院の入所者に伝える心情伝達制度が始まった。これにより、さらに「対話」が促される機会は増えることにつながると期待されている。これまでも保護観察中の加害者に被害者らの心情を伝える制度はあったが、それらが受刑者らに対象が広がったかたちだ。保護観察中の加害者に心情を伝える制度は二〇〇七年に始まり、近年では年間一五〇件ほどの利用があるという。

これらは、悲劇を巡り憎み合うのではなく、傷ついた人の痛みや、被害を受けた人の体験に耳を傾け、なぜそれらが起こったのか、傷ついた人がどう回復していけるのか、そこに関わった人たちが力を合わせて向き合い、二度とそのような悲劇が起こらないような未来をともに作っていこうとするプロセスとも言い換えられる。大事なことは、そこにある痛みの全てに耳を傾けていくことだ。痛みに心を閉ざしていたり、その痛みを自分の痛みとして感じないように心に壁を作ったりしている場合は、事態を暗転させやすい。ジレンマや葛藤は人が社会で生きているからこそ起きる。そのジレンマを避けることなく受け止め、対話していくことは刑事司法の現場では前に進むためにいつの時代も必須だといえる。

殺人のような犯罪は、究極の極限状況下で起きる。快楽殺人などもあるが、多くは殺すことがその瞬間の最善の選択というところに追い込まれ、その行為を選ばされている。その選択の末の混乱に放り込まれる被害者を少しでも減らせるよう、被害が起きた前も起きた後も取り組みを進めていくことは、まさに「社会の責務」なのだと思う。事件直後は公認心理師などによる心理面でのサポートが必要になるが、福祉にできることもまだまだあるはずだ。

参考資料

警察庁『令和五年版犯罪被害者白書』（二〇二三年）
公益社団法人全国被害者支援ネットワークのホームページ　https://www.nnvs.org/
阿部恭子『加害者家族支援の理論と実践―家族の回復と加害者の更生に向けて』（現代人文社、二〇一五年）
阿部恭子『家族という呪い―加害者と暮らし続けるということ』（幻冬舎新書、二〇一九年）
NPO法人「対話の会」のホームページ　https:/taiwanokai.org

3　薬物と立ち直り

優さんが抜け出せなくなっていった薬物依存。薬物に関する事件については、刑事司法の分野でも、刑事施設での処遇だけではなく、福祉的な視点での立ち直りに大きく比重を置きつつある。一方で、当初に比べれば検挙者数は減少傾向だが、深刻な現状に変わりはない。社会とのつながりの中で、薬物依存で苦しむ人を少しでも減らしたい。社会ができることはあるのか、考えた。

戦後における国内の薬物乱用の歴史は主に三つの波に分けられる。

第一波は、主に一九四九年から一九五七年を指し、「第一次覚醒剤乱用期」といわれている。第二次世界大戦後のヒロポン（覚醒剤）の流行だ。危険性が知らされないまま、使用されていた実態がかつてあった。戦後のこの乱用の危機を受けて、一九五一年に覚醒剤取締法が制定された。罰則が強化されていったこともあり、徐々に沈静化していった。

そして、第二波は一九七一～八四年に相当する「第二次覚醒剤乱用期」だ。暴力団などの組織犯罪によって覚醒剤の密輸や密売が横行し、社会問題化した。優さんが使用していたのもちょうどこの第二波に当たる。

そして、第三波としては、一九九五〜九八年をピークにした「第三次覚醒剤乱用期」がある。バブル経済の崩壊に伴う、一部の外国人労働者による覚醒剤の路上での密売というかたちで広がっていった。一方で、薬物事犯がこれら覚醒剤だけではなく、規制が追いつかず生まれた脱法ドラッグやMDMAなど新種の薬物が生まれたのも特徴だ。特に、薬物乱用のゲートウェイ（入り口）とも呼ばれる大麻の使用が中高生のあいだで広まるなど、薬物使用の低年齢化などは重大な社会問題になっている。

そもそも依存症は、「否認の病」といわれている。薬物依存者もなかなか自身の病状を受け入れられない。自分の意思とは反して、快楽を知った脳がその状況から引き離してくれなくなってしまう。それが依存症といわれるゆえんでもある。

国もそんな薬物依存に対して黙って見ていただけではない。刑事司法の現場でも、福祉的な視点での立ち直りにシフトしつつあることはよく知られている。二〇一六年に始まった「刑の一部執行猶予制度」などもその一つだ。一度も刑務所に服役したことがない「初入者」が主な対象者で、裁判所の裁量で、保護観察を付け、社会内で更生を図ることが可能になった。

保護観察を付けると、保護観察所は薬物を使用しないよう指導するだけでなく、認知行動療法を基にした全五回の「コアプログラム」と、その後の「ステップアッププログラム」などを用意。薬物依存の悪影響や依存性、自己の問題性などをしっかりと学んでもらい、それぞれに合った薬物乱用防止計画を作っていく。家族会の開催や地域連携ガイドラインが示されるなど息の長い切れ目のない支援体制を編み込み、「社会資源」との綿密な連携と積極的な介入がなされていく。

薬物依存の実態

そういったさまざまな取り組みと工夫がなされているわけだが、薬物依存の実態は現在、どうなっているのか。

法務省の犯罪白書などによると、覚醒剤取締法違反容疑で検挙された人は、二〇二〇年で四四年ぶりに一万人を下回る八七三〇人（前年比一三％減）だった。徐々に減ってきており、優さんの事件が起きた一九八〇年代に第二波の乱用期が押し寄せていたのは前述した通りで、検挙人員は二万五〇〇〇人前後。一九八〇年代と比べると、現在は三分の一弱にまで減少していることがわかる。

一方で、「ゲートウェイドラッグ」と呼ばれる大麻は四五七〇件（前年比二一・五％増）で、一九七一年以降初めて四〇〇〇人を超えた。いかに水際対策が大切かを示しており、各関係機関との連携が必須とされている。

また、薬物の押収量では覚醒剤とコカインは一九八九年以降最多で、覚醒剤の密輸入事犯の摘発も前年の二・五倍に急増した。つまり、検挙される人は減ってきているものの、相変わらず市場には出回っていることを意味している。

逮捕された後の起訴率も高い。覚醒剤取締法での起訴率は七五・七％で、大麻取締法は五〇・六％。これは道路交通法違反を除く適用対象がより特定される特別法犯全体の平均起訴率四九・三％をはるかに上回る。一方で求刑においては、保護観察に付するよう積極的に求めるということもなされている。国側も、刑事施設での処遇だけでは再犯はなくならないという姿勢で対応している。

この国の受刑者の全体数も増減を繰り返しながらも減少傾向ではあり、二〇二〇年の受刑者数は四三七三人（前年比四七一人減）。このうち受刑者全体に占める覚醒剤取締法違反の罪で入所した人の割合は二〇％台を占めている。女性入所受刑者に占める割合は三〇〜四〇％台と男性に比べて高く、課題になっている。

そんな中で覚醒剤取締法違反における二〇二〇年の仮釈放率は、二〇〇〇年以降最も高い六五・九％で、出所者全体と比べても七・五ポイント高い。保護観察付き一部執行猶予者も、制度が始まった翌年の二〇一七年以降増加し続け、二〇二〇年は前年比五二％増。一部執行猶予者の保護観察率は一〇〇％に達している。

社会的な努力が続けられているものの、こういった取り組みが功を奏しているかというと、依然再犯者率が高いのも課題になっている。

覚醒剤取締法違反の罪で出所した人が同一の罪名で再犯したのは二〇二〇年が八四八七人で、同一罪名での再犯者率は六六・九％。二〇〇〇年時より一四・五ポイント上昇している。

また、仮釈放の再入率は四一・一％だが、満期釈放の再入率は五五・五％と跳ね上がる。つまり、仮釈放の場合は、保護観察所によって出所後の生活環境の調整がおこなわれるほか、保護観察が付けば、特別遵守事項で義務付けられた薬物再乱用防止プログラムを受けられたり、治療や回復支援をおこなう機関との緊密な連携が図られたりしてからの出所になる。一方で、満期出所の場合はそういったつながりを付けられずに出所するため、何か「つまずき」があった場合に、すぐに再犯の道に逆戻りしてしまう可能性が高まる。社会復帰する前から「社会資源」とのつながりを持って生活できるか否かが、再犯への分かれ道になっているともいえる。

命綱を付けて羽ばたくのと、真の自由となって羽ばたくのとではどちらがいいかということだ。人は生きていれば、けがをしたり、休憩を取りたくなったり、「止まり木」が必要になったりすることが必ずある。その際、命綱を付けて羽ばたいていた方が止まり木にたどり着きやすい。本人にとっても、社会にとっても、命綱を付けた仮釈放の方がよい循環を生むケースが多いというのは、数字からも読み取れるということだ。

覚醒剤と心情の関係

ここに重要な調査結果もある。覚醒剤を使用したことがある人への心情面を聞き取った調査だ。法務省が二〇一七年夏に実施。覚醒剤取締法違反の罪や覚醒剤を実際に使用した経験がある受刑者を対象にした。その結果からは薬物依存に苦しむ実態が透けて見える。

例えば、一カ月当たりの覚醒剤使用頻度だ。「五日以下」が五九・六％と六割近くを占めた一方、二日に一度以上のペースの「一六日以上使っていた」人も約二割に及んだ。調査に協力した人の多くが薬物依存の重症度が高いということになる。何らかの薬物乱用を始めた時期は平均一八・七歳。優さんのように違法薬物影響下での犯罪経験は六・五%に上った。

覚醒剤を使用したくなった場面としては複数回答で、「クスリ仲間と会った時」や「クスリ仲間から連絡が来た時」が五割以上をそれぞれ占める。日々の日常でどんな人たちと関わり合いを持つかが、再犯しないための重要なカギになることがわかる。

また、使用した時の感情は、「イライラする時」が男性四七・四%、女性五五・三%と最も高い。「気持ちが落ち込んでいる時」や「退屈で仕方がない時」が三一・八%と同率で続く。

一方、女性は「自分自身が嫌になる時」「不安な気持ちの時」も高かった。いずれにせよ、否定的な感情にとらわれた際に、覚醒剤の「闇」に落ちるリスクが高く、自身の精神状態と薬物乱用が大きく関わることが浮かび上がってくる。

もちろん、男女比の違いはこれだけではない。女性の場合は、「これまで食べることをやめられないと感じながら、非常に多くの量をむちゃ食いしたことがある」と過食の経験があったと回答した女性が四二・二%と、男性の一九・七%よりもダブルスコアで高い。自傷行為も男性は八・一%だが、女性は四一・二%にも及ぶ。自殺念慮も男性の二一%に対して、女性は四六・三%と倍以上。また、女性の七割以上がDV被害を経験していた。

複合的な要因

薬物依存の問題が、複合的に社会課題と結びついていることが浮き彫りになる。薬物の問題だけ解決すればいいのではなく、その周辺に横たわる問題の解決もまた必須になってくる。薬物だけの単独解決は不可能で、そういった問題をパッケージ化するかたちで対応する必要があるということだ。特に女性の覚醒剤事犯の場合は、自殺念慮も高いことから、多角的かつ慎重な介入が必要になる。

一方で、覚醒剤を断薬した理由としては、初入者も再入者も半数を超える回答で「大事な人を裏切りたくなかった」が上がった。一方で、「家族や交際相手などの大事な人が理解、協力してくれた」「衣食住に困ることなく、生活が安定していた」との回答が初入者は三割ちょっとだったのに対し、再入者は四割以上を占めた。周囲との関わり合いや支え合いが、何よりも薬物を断ち切る「良薬」になることがわかっている。

ただ、冒頭に「否認の病」といわれていると挙げたように、専門病院や保健機関、回復支援施設や自助グループなどさまざまな関係機関があるものの、「存在は知っていたが、支援を受けたことはない」と回答している再入者は六〜八割に及ぶ。

自助グループでは、ダルクやNA（Narcotics Anonymous ナルコティクスアノニマス）などの団体が有名だ。ダルクは、薬物依存経験者同士が支援施設でともに生活しながら回復を目指す団体で、NAは、主に定期的に開かれるミーティングを中心に回復を目指すグループで、世界組織でもある。

そんな関係機関はそれぞれの地域にあるが、支援を受けなかった理由については「支援を受けなくても自分の力でやめられると思った」などと回答。他者に頼らず、自分でなんとかしようと、もがいた跡が見える。また、「支援を受けられる場所や連絡先を知らなかった」「支援を受けて何をするのかよくわからなかった」などと情報不足でイメージが描けていなかったり、拒否感などから積極的な治療に至らなかったりした場合もあるようだった。

一方で、「自分の力ではやめられないと感じられれば」、「家族や交際相手などの大事な人が理解、協力してくれれば」、「刑務所や保護観察所などから具体的な場所や連絡先などを教えてもらえれば」、「刑務所の中でプログラムやグループを体験したり、体験者から詳しい話を聞いたりできていれば」――などの条件があれば「参加したい」とも述べており、支援環境が自然なかたちで整っていれば、新たな一歩を踏み出せる心境であることもわかる。

つながりたい思いが

この心情面での特別調査の結果を見て、多くの人はもうすでにお気づきなのではないだろうか。結局、薬物依存者たちは「つながりたい」と思っているのではないだろうか、ということだ。「大事な人を裏切りたくない」「連絡先を教えてもらえれば」……。その回答の裏側に「つながりたい」との思いが透けて見える。

人間は本能的に何かとつながり合って集団を作り、生きていく動物だ。それは時に家族だったり、時に地域コミュニティだったり友人だったり、強固なものだったり緩いものだったり状況によっても違う。ただ、いずれにしても、生きていく上での本能として、誰かにつながろうとする。

だが、「毎日生きていくのがつらい」と思っている人は、周囲の人とのその正常なつながりを求められなくなり、そして自ら求めなくなっていく。そういう八方ふさがりの状態になった時のつながる先の相手として、薬物がそこにある。薬物には多幸感があり、倦怠感も忘れさせてくれる魔力もある。誰かとつながり合って傷ついたり、挫折したりするぐらいなら、薬物とのつながりを持った方が楽になれる、とどこかで考えてしまう。その循環の「沼」から抜け出せず重症化する。そして重症化すればするほど、薬物依存者の立ち直りは息の長い取り組みが必要になる。簡単には「ゲームセット」にはならないし、一生関わっていくことになる可能性は高い。

社会には薬物依存者への偏見や軽蔑も依然根強く、「自己責任論」が渦巻いていたりもする。再犯者に対して、「意志が弱い」などと顧みられないことも多い。そうやってつながりが薄くなれば薄くなるほど、再犯の可能性は高まり、悪循環に陥っていく。

薬物依存は時代の鏡

薬物依存はその時代を生きる人たちの精神性とも結びついており、時代を映し出す「鏡」であるともいえる。第一次覚醒剤濫用期から第三次覚醒剤濫用期それぞれに社会的背景があるように、だ。

昨今の若い世代に広がる、市販薬を過剰に摂取する「オーバードーズ」の問題も同じ背景があるように思える。

咳止め薬や風邪薬などには、微量だが、麻薬などと同じような成分が含まれている。適量を飲むのであれば薬になるが、大量に摂取すると麻薬や覚醒剤などを使用した際の症状に似た多幸感や高揚感が得られ、意識混濁などの症状が現れてくる。

高校生を対象にした国の調査では、過去一年間に市販薬を乱用した経験がある人は約六〇人に一人の割合に上った。市販薬の場合、それを購入すること自体は違法ではなく、インターネットなどでも簡単に入手が可能、という手に入れやすさもある。

これらは何を意味しているか。

やはり、背景には人間関係のつまずきがある。国の別の調査でも、大量摂取の目的の七割を超える人が「自傷・自殺目的」だった。生きていくのがつらく、人とうまくつながれなかったために、薬とつながっていく。明確な違法薬物ではないため手にしやすくもある。

取り締まりや規制という側面からだけではなく、人と人とのつながりが必須になってくる。その人と人との網の目によるつながり合いが薬物依存を断ち切る最も有効なセーフティーネットになるのだろう。

社会福祉士や精神保健福祉士は、そういった意味で、つながり合いを促す潤滑油になっていくことができる存在だ。ソーシャルワークの手法を使って、地域の社会資源や新たな社会資源の発掘をしながら、つながり合っていける土壌を創出するチャンスであったりもする。

困難なことのように思えるが、薬物依存の問題から学ぶことは、実はとても多い。

薬物依存から立ち直ろうとする人にとっては、一生をかけて苦労の主人公（当事者）になれるということだ。こういう言い方をすると、「苦労はできれば避けたいのだけれど……」と思われてしまいそうだが、一方で、一度も苦労がなかった人生を歩んでいるという人も恐らくいない。

苦労が多ければ多いほど、主人公はさまざまなストーリーを抱えることになる。そんなストーリーが他者とのつながり合いを生む。つながりを重ね、広げていくこの試みは本来、とても人間らしい営みだったりする。苦労のない無味乾燥な一本線よりも、山あり谷ありの方が後から振り返った時に、多くの学びや深みが手に入れられるかもしれない。痛みがわかる人間に生まれ変わる機会でもある。そういった「強み」を認め、大事にし、良い方向へと促すことができるのが社会福祉士や精神保健福祉士の存在意義なのではないかと思う。

当事者団体の取り組みは活発化してきている。米国では一九三〇年代にはスタートしており、日本でも優さんが薬物依存に苦しんでいた一九八〇年代、すでに薬物関連の当事者団体は活動を始めていた。

薬物依存は「治す病」ではない。生きることと死ぬことは同じフラットな世界の延長線上にある。生きている一瞬一瞬が死につつある過程にあり、それでも生きようともがいていくことは、やはり、人が人としてつながり合う喜びと幸せを享受したいからではないだろうか。その求めを最も渇望しているのが、薬物依存症とともに歩む人たちなのではないか――。そんなことを考え始めている。

参考資料

法務省『令和2年版犯罪白書』
福祉臨床シリーズ編集委員会編『精神保健福祉士シリーズ2　精神保健の課題と支援』（弘文堂、二〇一二年）
浦河べテルの家『べてるの家の「非」援助論―そのままでいいと思えるための25章』（医学書院、二〇〇二年）
パウル・ティリッヒ『存在への勇気』（谷口美智雄訳、新教出版社、一九六九年）

4 無期懲役と更生

無期懲役の判決を受けた受刑者が仮釈放に至るケースはかなり珍しいと言っていい。圧倒的に刑事施設内で亡くなる人がほとんどだ。ただ、刑法が改正され、「懲らしめ」から「更生」へと転換されていく中で、無期懲役の受刑者を巡る議論は二〇二四年時点で今のところ見かけたことがない。無期懲役の受刑者が現在、どのような状況に置かれているのか。今後、その処遇はどうあるべきか。社会福祉士の視点から、改めてそのあり方について考えてみたい。

無期懲役――。それは文字通り期限なき懲役という意味だ。刑期が終身にわたるもので、受刑者が亡くなるまでその刑は科される。英語では、Life Sentenceと訳されている。「Sentence」とは文章という意味もあるが、「判決を下す」という意味もある。

国によって異なるが、無期懲役の中でも仮釈放を認めるものと、仮釈放を認めないものがあり、後者は終身刑といい、日本は前者の制度を採っている。ただ、万が一、仮釈放を許されても、文字通りあくまで「仮」ということであり、恩赦がない限りは、出所後も本籍地は刑務所のままで、一生保護観察に付される。つまり、生涯にわたって国の管理下で過ごさなければならないということになる。選挙権も剥奪されたままだ。Life Sentence が直訳して「一生涯の判決下」とされることからしても、この英単語の意味はより腑に落ちてくる。

仮釈放を認めるか否かは全国八カ所にある地方更生保護委員会が決めている。刑事施設の長からの申し出や自らの判断に基づき審理を開始する。地方委員会の委員が直接受刑者と面接するほか、必要に応じて被害者や遺族、検察官にも意見を聞くなど総合的に判断していく。

刑法二八条によると、無期刑受刑者の仮釈放が許されるためには、第一の条件として、刑の執行開始から一〇年以上が経過していることが求められている。また、第二の条件として、対象の受刑者に「改悛の状」があることも必要になる。

この改悛の状とは具体的に、悔悟の情があることや改善更生の意欲があり、再び犯罪をする恐れがなく、保護観察によって改善更生することが相当であると認められることをいう。だが、社会の感情がこれを認めない時は、この限りではない、という言葉も付け加えられている。

第一の条件では「一〇年」という目安の数字が示されているが、これが、「無期懲役でも早ければ一〇年で出られる」ということが昔は盛んに言われた根拠につながってくる。だが、これは今や、大きな間違いといえる。現在はそれほど短い期間で仮釈放が認められるケースはない。無期刑受刑者が仮釈放を許されることの方が珍しく、欧米のような仮釈放を認めない事実上の終身刑になりつつあるのが実態だ。

どれぐらい難しいのか。

法務省が二〇二三年一二月に発表した「無期刑の執行状況及び無期刑受刑者に係る仮釈放の

運用状況」によると、二〇二二年に入所していた無期刑受刑者は全国で一六八八人。このうち仮釈放が許されたのはわずか六人だった。率に換算すると〇・三％という狭き門となっている。言い換えれば、約三三三人に一人の確率だ。

六人という数字は二〇一三年からの過去一〇年間でも最も少ない数になる。ただ、最も多い年でも二〇一九年の一七人で、率にしても無期刑受刑者の全体数からすると〇・九％と、やはり一％にさえ達していないほどの数字だ。

過去一〇年間で仮釈放が認められたのは一〇四人で、無期刑受刑者の平均在所期間は三三・七年。二〇二二年は四五年と跳ね上がった。刑法に定められる「刑の執行から一〇年以上が経過している」のは、いかに実態からかけ離れているかを語っている。

それだけ長く在所しているため、必然的に平均年齢は上がる。何歳の時点で判決が確定したかにもよるが、在所一〇年未満は平均年齢が四九・四歳だが、それから二〇年以上も在所し続ける人がほとんどのため、在所三〇年以上四〇年未満だと七一・三歳になる。無期刑受刑者全体では六〇歳代、七〇歳代が最も多い。八〇歳以上の無期刑受刑者も全国に一三一人おり、刑務所に五〇年以上在所し続ける無期刑受刑者も全国に一〇人いることがわかった。

一〇年間で亡くなった無期刑受刑者は二六〇人に上る。仮釈放されている人よりも、刑務所から仮釈放が認められず、刑事施設内で人生を終える人の方が圧倒的に多い実態がある。

刑罰の強さと長さ

地方更生保護委員会が仮釈放について審理した件数は過去一〇年間で三五〇件。このうち許されたものが八四件で、四分の一に満たない。統計でも、在所期間が二五~三〇年で仮釈放が許された人が八四件のうち三件あったが、七割が三〇~三五年であり、三〇年以上経なければ仮釈放が許されていないのが現実である。

いつからこんな相場になったのか。一〇年は難しいかもしれないが、「二〇年ほど」で仮釈放が認められる時代も以前はあったが、平均在所期間の長期化は、社会の厳罰化の流れと無縁ではない。

刑法では、被告に有期懲役を科す場合、最高刑として「二〇年以下」と定められてきた。ただ、二〇〇〇年頃から飲酒運転での死亡事故など刑法における厳罰化の傾向が強まり、二〇〇五年の刑法改正で、有期懲役の上限が三〇年ということになった。

無期懲役は死刑に次ぐ重い刑罰とされており、この有期刑の上限よりも短い期間での仮釈放というのはつじつまが合わないため、必然的に無期刑受刑者の在所期間が長期化されることになった。

ただ、本書の中で優さんが指摘するように、刑務所内での明確な「懲役格差」の実態は否めない。刑務所は「社会の縮図」といわれるように、人間の卑しい部分さえも簡単にあぶり出し、有期刑の受刑者は無期刑受刑者をさげすむことと引き替えに、自身の精神の安定材料を手にしていた。逃げ場などない刑務所内で、無期刑受刑者に対し、苦しい環境を強いる人もいたという。意図的に感情をあおり、喧嘩を仕掛ける有期刑の受刑者も、その一人だ。その挑発にまんまと乗ってしまえば、懲罰を科されてしまうこともあった。無期刑受刑者にとって、懲罰は仮釈放が許されるか否かの大きな判断材料になる。弱い立場に置かれている人間の急所を狙うかのように陰湿ないじめも日常茶飯事だった。そういう営みによって、ある種の刑務所のヒエラルキーを生み出し、秩序を保っていたといってもいい。

実際、仮釈放が認められた無期刑受刑者の懲罰の回数は「なし」が四五%と半数近くを占める。一〜五回も二八%で、七割以上が五回以内に収めている計算になる。どんな事情があれ、懲罰は絶対に避けたい、というのが無期刑受刑者の本音だったりする。

実際、無期刑受刑者というのは刑務所全体の中でも非常にまれな存在だ。多くは窃盗（全体の三六%）や薬物犯罪（二二・六%）、詐欺（九・二%）などで、懲役年数も数年が多い。無期刑受刑者に多い罪状の殺人罪は、二〇二〇年に新規に受け入れた受刑者一万四四六〇人のうち一七〇人。全体に占める割合は一・二%で、強盗致死傷罪は一三八人と、全体の〇・九%を占めたに過ぎない。要するに、刑務所内でもある種、非常に特殊な存在となる。無期刑受刑者の少なさからしても受刑者の中で孤立しやすく、本書で触れたように、「懲役格差」につながる土壌を生んでいる。

そんな背景から、刑務所自体も刑期の長さや、初犯か否かなどで収容先を分類している。

現在、少年刑務所や拘置所を含めた刑務所（刑事施設）の数は全国で七四カ所。このうち、無期刑受刑者は、服役すべき刑期が一〇年以上ある「L指標」の刑務所に在所している。L級刑務所の中でも、初入者で執行刑期が一〇年以上の受刑者は「LA刑務所」に分類される。一方で、主に再入者で執行刑期が一〇年以上の受刑者は「LB刑務所」になる。LB級刑務所は、宮城、徳島、岐阜などが該当し、LA刑務所は千葉や岡山などがそれに当たる。無期刑受刑者は長い期間、釈放されていく大勢の有期刑受刑者の背中を見送ることになる。

近代刑法革命の金字塔で、ドストエフスキーが『罪と罰』を構想する際の源泉となったといわれる、イタリアのチェーザレ・ベッカリーアの著書『犯罪と刑罰』では、「人の精神に最も効果を及ぼすのは、刑罰の強さではなくその長さだ」と指摘している。いつ仮釈放が得られるかもわからない中で、数十年にわたって無期刑受刑者は、精神的にも非常に不安定な環境に置かれ続けている。

社会に放り出される

そんな中で、定期的におこなわれる仮釈放の審査の対象になることは、無期刑受刑者にとって大きな励みになる。第一段階では保護観察官による面接がおこなわれ、刑務所内での生活態度や懲罰の有無などを加味された後、第二段階として更生保護委員の委員面接に進んでいく。委員面接にたどり着けば、それなりに期待感も生まれてくる。出所を目指し、一段と模範的な行動を取り始める受刑者もいれば、刑務所の外に出ることに急に漠然とした不安に包まれ、精神的に不安定になる人もいる。

出所していく際、制度や支援団体などさまざまな「社会資源」にどうつなげられるかは、社会福祉士の大きな役割だ。更生保護施設などの制度自体はあるものの、予算面や設備面からしても十分ではない。無期刑受刑者が三〇年以上にわたる刑事施設内での服役からいきなり解放され、ばたばたと仮出所していくのは、本人自身にとっても社会自体にとってもよくないように思う。地方更生保護委員会が仮釈放を決めてから、もう少し総括する時間が持てるように、釈然教育だけではなく、欧州のように徐々にソフトランディングしていく体制があってもいいように思う。

例えば、保安の厳しいLAやLB刑務所から、犯罪傾向が進んでいない受刑者が多く、社会に開かれた社会復帰促進センターなどの刑事施設に移動させるなど、社会への「リハビリ期間」を長く持たせる施策も必要ではないかと思う。そうやってこれから新しい生活を進めていく上での準備期間を持つことが、いざ社会復帰した際の順応力にもつながってくる。新たな日常生活でつまずきにくくなるような準備していくということだ。今の制度では、刑期を終えたとたんに、急に外の世界へ放り出されるわけで、戸惑うのも無理はない。

改正再犯防止推進法では、受刑者の更生を国だけの問題とせず、出所者が実際に生活する地方公共団体の責務も明記されている。国と自治体が連携することで、それまでは得られなかった個人情報などの情報も共有しやすくなり、必要なケアを把握できる土台も整いつつある。こうやって出所者を巡る環境が変わっていく中で、刑務所での「工夫」もまた、生きづらさを少しでも回避するメリットの一つになるだろうと思う。

出所後のケア

更生の現場は現在、かつてない変革のまっただ中にある。二〇二二年の刑法改正で、刑事政策の軸が懲役刑から社会復帰に変わっていくからだ。拘禁刑になることで、「作業」だけだったのが「作業又は教育」の実施に主眼が置かれていく。この司法の大変革は突如として現れたわけではなく、ことは二〇〇一年〜〇二年に起きた名古屋刑務所の暴行死事件にまでさかのぼる。名古屋刑務所の保護房で、相次いで三人の受刑者を死傷させる事件が発生したことがきっかけにある。

当時、前代未聞の不祥事に社会の目は厳しく、法務省は「行刑改革会議」を設置。法務省では珍しく、全面公開の場での議論としたことからも、法務省の本気度がうかがえた。侃々諤々《かんかんがくがく》の議論の末、二〇〇六年に明治期以来の監獄法の廃止にこぎ着けた。そして、教育的処遇という新しい概念が盛り込まれた刑事収容施設及び被収容者等の処遇に関する法律（刑事収容施設法）が施行されたのだ。

一九〇八（明治四一）年に成立した監獄法と、一九〇七（明治四〇）年に生まれた刑法。両者を「一歳違いの兄弟」にたとえる人もいるが、弟の方は改正されても、兄の刑罰に関する部分は長くそのままで、長年の課題だった。

そして、ようやくそのギャップを埋めるかたちでたどり着いたのが、一一五年ぶりに刑罰のあり方が変わる二〇二二年の改正だった。懲役刑と禁固刑の区別を廃止し、新たな自由刑の中に教育的処遇の枠組みを入れた改革だ。応報刑から教育刑に刑事政策が変わり、監獄法改正で「監獄」というおどろおどろしい響きの概念が消えたように、刑法改正で懲らしめるという意味の「懲役」という言葉もまもなく消える。

もちろん、ただ法律用語が変わったということだけではなく、今後はどう教育的概念を更生の現場に落とし込んでいくかが問われることになる。

教育プログラムを作るということは、一人ひとりの特性を見極め、どのように導いていくことができるか「人」をベースに更生の道を探っていくことになる。より福祉的な視点も必要になってくる。

法務省は現在、それぞれの刑務所が持つ背景や社会資源を精査しながら、どんなプログラムが教育的プログラムとして有効か、議論を重ねている。二〇二四年の本書執筆時点では、具体的にどんな改革がなされるか、まだ明らかになっていないが、社会から耳目を集めることは間違いないだろう。

特に、刑期に終わりがない無期刑受刑者に対する議論は乏しい。だが、無期刑受刑者に関する改革が必要であることは間違いない。その改革のあり方で最も力量が問われるのが無期刑受刑者に関するものになるだろうということだ。最も長期的な計画が必要になる存在で、どう教育刑の視点を無期刑受刑者に取り込んでいくのか、新しい発想で取り組む姿勢が必要になるからだ。

「矯正」という言葉は適切か

福祉の現場では、目の前の人を支援する際、その人のありのままを捉えるため、「人」と「こと（課題）」を分けて考えている。司法福祉の現場でいえば、その人の人間性と、罪を償うということとは切り離して受け止めるということだ。だが、未だ変わらぬ受刑者や出所者への偏見を鑑みると、そういった視点が社会全体で共有されているとは言いがたい。

例えば「矯正」という言葉一つとってもそうだ。犯罪は社会の歪みからくるもので、その歪みから生じた社会課題全体を矯正していくという意味で、使われているのだろう。法務省で刑務所の施策や更生の現場を担う部署も、矯正局という名だ。局の中で、少年を担当する少年矯正課と、成人を担当する成人矯正課などに分かれ、至る所に「矯正」という言葉はついて回る。ただ、福祉的に考えれば、受刑者に対して「矯正」という言葉を当てはめていること自体、受刑者の人間性をも矯正すべき存在と捉えているようにも思える。福祉の神髄である対等な関係とは言いがたく、「人」と「こと」を分けずに捉えているということだ。

矯正という言葉が持つ強制性によって、罪を犯した人自身の全てを矯正すべき存在だと無意識の差別をすり込んでいないか。そして、それは、罪を犯していない「私たち」とは違う存在だと、かなり自然なかたちでさりげなく社会の底流にひたひたと流し続けていたようにも思う。出所者への偏見やスティグマ（負の烙印）は社会側から生み出してきたということだ。刑務所内に教育的処遇という概念が盛り込まれる時代の変わり目に、改めて「矯正」という言葉のあり方も再考していくべきではないかと思う。

これまで、無期刑受刑者の問題は、社会から最も見えない場所に置かれていたように思う。社会には特段関わりがないものとして、見ようとしなければ見えない問題だった。死刑制度はその刑が執行されると、テレビで速報が流れ、その是非を含めて社会課題として歴然と横たわってきた。ただ、期限なく刑を科すという無期刑受刑者の問題は、ほとんどクローズアップされてこなかった。

人が生きて償うとは一体どういうことか、そもそも償えるものなのか、人が更生していく意味とは――。そういった問いを最も直球的に社会に突きつけているのが、無期刑受刑者という存在なのではないか。死刑制度の是非とは別次元で、人を殺すとはどういうことか、人を殺した人間はどう「生きる」のかということにもつながる。「人間存在」というものを考えていく上で、避けては通れない社会課題なのだと思う。

参考資料

法務省「無期刑の執行状況及び無期刑受刑者に係る仮釈放の運用状況について」資料（二〇二三年一二月発表）
法務省「矯正統計調査　2022年」
ベッカリーア『犯罪と刑罰』（風早八十二ほか訳、岩波書店、一九五九年）
吉村昭『仮釈放』（新潮文庫、一九九一年）

名執雅子『矯正という仕事―女性初の法務省矯正局長37年間の軌跡』(小学館集英社プロダクション、二〇二一年)
美達大和『人を殺すとはどういうことか―長期LB級刑務所・殺人犯の告白』(新潮文庫、二〇一一年)
千葉県社会福祉士会・千葉県弁護士会編『刑事司法ソーシャルワークの実務―本人の更生支援に向けた福祉と司法の協働』(日本加除出版、二〇一八年)

5　釈放後の暮らし

無期懲役の判決を受けて、三〇年以上刑務所で服役した人が、仮釈放で出所した後、この社会にどう調和し、どう感じているのか。その語りは多くは社会で共有されていない。そもそもそういった境遇の人は少ないからだ。そのささやかな暮らしぶりからは、罪と罰について、社会が考え続けなければならない問いのヒントが見え隠れする。第二部の最後は、そんな司法福祉への展望について、改めて書き記していく。

最近は少なくなったかもしれない。昔の映画やドラマでは、刑務所などから出てきた人が「ようやくシャバに出た……」とつぶやくシーンは、ままあった。ここでいうシャバとは、刑務所や拘置所などの収容施設から自由になり、一般社会に戻ったという状態を指す俗語だ。

このシャバという言葉は漢字で「娑婆」と書き、元々は仏教語だという。仏教語としての「娑婆」の原語は「サハー」で、発音にそのまま漢字を当てたに過ぎない。サハーには「忍土(にんど)」との意訳もあるといい、その意味は、苦しみを耐え忍ぶ場所ということだという。また、仏陀が人間を教化する場所という意味もある。苦しみを耐え忍びながら、仏陀によってその与えられた生活を肯定し、人間としての教えを受けながら、この世の生を完成させていく、というのが仏教の世界観なのだという。

このことは現代において、あながち的外れではない。優さんも、釈放された後の方が刑事施設で服役していた以上に苦しみは大きかったと話していた。刑務所の外には出てきたものの周囲の目や生きていくしんどさに耐え忍びながら、償いとは何かを考え抜く営みだったからだ。特に思いを募らせたのが被害者への罪の意識だったという。刑務所の中では不自由な身であり、無意識的に被害者と向き合い続けられる環境が整っていたが、刑期を終え自由であればこそ、その自由を謝罪へ向かわせていかなければならず、考えれば考えるほど罪の意識にさいなまれ、生きて償うという意味を否応なく突きつけられたという。

不自由な刑事施設と対照的な意味合いでの使われるのではなく、無期刑受刑者が、そういった苦しみを耐え忍びながらこの世の生を完成させていくという意味で、シャバという言葉は仏教の世界観に近いのかもしれない。

更生保護施設の現状

いずれにしても、たとえ仮出所しても、その後の生活はより厳しい現実が待つ。生活に行き詰まれば、再犯のリスクは一気に高まることは証明済みだ。日常生活から再犯リスクをいかに遠ざけるのか、未だ制度設計が追いついていない現状もある。

二〇二二年の「犯罪白書」によると、二年以内に刑務所に戻る再入者は二〇二一年で九二〇三人に上っている。二〇〇六年までは毎年増加してきたが、その後は減少を続け、二〇二一年も一万人を割り込んだことになる。

だが、これらの数字、刑務所をどういう状態で出たかによっても事情は変わる。例えば、刑務所から出た人が再犯して五年以内に戻る「再入率」は、仮釈放という身であれば三〇・一％だが、満期釈放だと四六・九％に跳ね上がる。仮釈放は保護観察を受け、地域の保護司や保護観察官の指導を受けて社会復帰を図る。多くの苦しい事情はあるが、ある程度の社会制度をフル装備で身につけ、社会に戻っていく。

一方で、満期釈放者に保護観察はつかない。いきなり、刑務所の外に放り出されることを意味している。それは「自由」を手に入れるということでもあるが、「自由」ほど孤立しやすいものはない。その孤立は、残念ながら再犯と相性がよく、再び犯行に至る状況に追い込まれやすくなる。

もちろん、こういった現状は今に始まったことではない。近年では、満期釈放者らに宿泊場所や食事を提供する更生保護施設や、自立準備ホームの整備は進んできてはいる。

これも数字が現状を裏打ちしてくれている。

更生保護施設は二〇二三年四月現在、法務相の認可を受けて運営する施設を含めて一〇二施設ある。定員は約二四〇〇人だ。だが、更生保護施設だけでは定員に限界があることなどから、社会の中にさらに多様な受け皿を確保する方策として緊急的な宿泊場所を提供するなど、さまざまな形態の「自立準備ホーム」の設置が進んでいる。あらかじめ保護観察所に登録した民間法人や団体の事業者に、借り上げアパートや施設の一角を提供してもらい、自立のための生活指導（自立準備支援）や必要に応じて食事を提供することを委託している。

二〇二三年現在、自立準備ホームの登録事業者数は四七三（前年比五・八％増）で、委託人員も二〇二一年度は一八六三人と毎年過去最高を更新している。約一〇年前の二〇一一年度の七九九人と比べても二・三倍に上っている。自立準備ホームには薬物依存症リハビリテーション施設も登録され、薬物依存のある保護観察対象者を委託するなど、あらゆるニーズに対応しようと国も力を入れている。

それは出所前の刑務所内でもだ。職業訓練に重きを置き、フォークリフト運転者や溶接、理容師などの資格取得者が二〇〇六年調査時は八九二人だったが、二〇二二年は二〇一七人と二・三倍になっている。出所後を見据えた資格取得などの訓練はより必須になってきている。

そういった取り組みが功を奏したのか、帰る場所のない出所者の数は一〇年前の二〇一三年は六三六八人と高止まりしていたが、二〇一九年には三三八〇人、二〇二二年には二八五七人と着実に減っている。ただ、この数字がほぼ半減したからといって、ぬか喜びはできない。依然、二〇〇〇人を超える人が出所後、どこにも身を寄せる場所がないという実態に社会はもっと目を向けなければならない状態に変わりはない。

再犯をどう防ぐか

実際に、受刑者は服役中から、出所後に頼るべき人や施設を「引受人」として認めるよう申請できるが、その人物が引受人としてふさわしいかどうか決めるのは保護観察所になっている。引受人として希望する受刑者の数に対し、受け皿となる更生保護施設の定員では全く間に合わず、予算も体制も脆弱であることは否めない。

そういった中で、二〇二二年六月成立の改正更生保護法は、保護観察所の新たな業務として、地域の再犯防止を支援する「地域援助」を掲げた。再犯の道に向かう人の歩みをたどると、行政支援や福祉といったセーフティーネットから抜け落ちた例が目立つからだ。総ぐるみで支えていこうという構想だ。

改正更生保護法では、全国の三カ所で、民間団体やNPO法人などによる「地域ネットワーク」を構築し、出所者を多角的に支援していく。具体的には、満期釈放者や保護観察終了者ら公的な指導や支援が終わった人が対象で、地域で選ばれたコーディネーターがネットワークの核となり、保護司会や社会福祉協議会、就労や貧困支援のNPOなどと連携して、「一人にさせない」取り組み作りを担っていくことになる。初年度は全国三カ所の試験的な取り組みだが、成果を見ながら全国展開につなげていきたい考えだという。

更生保護法の改正により、出所者が社会復帰していけるよう環境調整により力を入れる流れになっている。

だが、これらは出所者に限ったことではない。ほぼ同じ制度設計を持つ施策がある。精神科病院から退院し、地域での暮らしを進める際の精神医療分野での福祉支援の枠組みだ。

二〇二二年度の厚生労働省の調査で、精神疾患による入院患者は二六万三〇〇〇人。これは、二二年末の受刑者数三万五八四三人をはるかにしのぐ。精神科病院での長期入院は社会問題化しており、二〇年以上入院し続けている人は二万人を超え、年間二万人前後が退院できないまま病院で亡くなっている。受け入れ先があれば退院できる「社会的入院」は、七万人とも、もっと多くいるともいわれている。

同じ枠組みではないが、現実的な問題として出所者と精神障害者が抱える悩みの共通点は多い。長く閉鎖的な空間にいたことで、次第に刑務所内や病院内という小さな社会に安住し、自分から出所したり退院したりしていく意欲を失わせ、あきらめてしまう「施設症」に陥っていくという背景は、再犯を繰り返す実態と根本的には重なる。

二〇二二年の「犯罪白書」によると、刑法犯で検挙された人員に占める再犯者の割合（再犯者率）は四八・六%で、過去最高だった前年を〇・五ポイント下回ってはいる。ただ、検挙された人員全体の半数近くを再犯者が占めており、高止まりの状態が続いていることに変わりはない。再犯者は減少傾向だが、それを上回るペースで、初犯者数が減っており、結果的に再犯者率を押し上げる結果になっている。さまざまな要因で再犯に至るわけだが、回転ドアのように、刑務所に再び戻ってきてしまう実態は、退院をあきらめたり、いったん退院してもさまざまな理由で精神科病院に戻ってしまう社会構造と限りなくイコールに近いように思う。

そういった現象を生み出してしまうもう一つの共通点ともいえることが、出所者と精神科病院の退院者はいずれも、社会からの根強い偏見やスティグマ（負の烙印）にさらされているということだ。

社会への貢献能力が低いと見なされたり、問題の責任をかぶせられていたりする構図は変わらない。住宅や教育、雇用の機会を拒否され、さまざまなかたちで差別され、自己肯定感が持てないまま社会的にも心情的にも、非常に不安定な場所に留め置かれてしまっている。

こういった現状を打破するために国が敷く体制が、「包括ケアシステム」だ。簡単にいえば、さまざまな機関がつながりを持つというものだ。

更生の分野でも、地域と当事者をよく知るコーディネーターがネットワークの核となり、出所者を中心に、保護司会や社会福祉協議会、就労や貧困支援のＮＰＯなどと連携していく「輪」を作っていく。精神科病院から地域移行していく精神障害者にも「包括ケアシステム」は適応されている。地域暮らしをする精神障害者を核にして、訪問看護や相談支援、ＮＰＯ法人などあらゆる社会資源が取り囲む。

もちろん、この両者だけではなく、高齢者でも、障害の分野でもあらゆるところで「包括ケアシステム」の構想は今、重層的におこなわれている。だが、だからといって、この平面図で全てが解決するかというと、それは机上の空論でしかない。地域を見守るネットワークを「生きたかたち」で発展させるには、この平面図にどれだけ魂を吹き込めるかにかかっている。

例えば、各地の民間団体や自治体の福祉担当部署との連携の中で、それぞれの団体や社会資源を都合よく使うのではなく、各民間団体にあるそれぞれのポリシーや特性を理解した上で協力関係を築いていくことが必要になる。

そういった協力関係を築いていく中で、どんな受刑者に戻ってきてほしいかをそれぞれが社会課題として捉え、通底させていくことが必要だろうと思う。元受刑者にも精神障害がある人にもあるポジティブな意味合いを見いだし、その人たちの「強み」を社会自身が率先して受け入れ、人間存在というそのものを包み込む「真の包括」が今後ますます問われていくことになる。

もちろん、言うはやすしで、たやすいことではない。きれい事としないために、どうしていくべきか。

まずはどんな人たちが服役し、なぜ罪を犯すに至ったのか、その背景を知ることから始まるだろう。精神障害者であれば、その人にどんな特性や強みがあるのかに目を向ける必要がある。受刑者や精神障害がある人に対してのスティグマや偏見などといったステレオタイプに対して、「実際の状況は違う」と声を上げ、それぞれが「自分たちのストーリー（物語）」を社会に語りかけ、共有していくことが重要になる。

多くのストーリーを見聞きしていると、必ず自分に近い感情や出来事にぶつかる。「自分と同じだ」「あっ、わかるな」と思わせるそれらストーリーのカケラが社会をつなぎ合わせていく。お互いの境界線をあいまいにしていくということだ。

そういった多様な物語の重なり合いが、世の中にはびこる出所者や精神障害がある人へのステレオタイプな偏見を少なからず打破し、「真の包括」ケア確立を呼び込むことにもつながる。もうそろそろ、日本全体の問題として、それぞれが心の持ちようを変えていかなければならない時期が来ているように思う。

福祉国家イタリア

そんな中で参考になるのがイタリアだ。今このページを開いているみなさんは、イタリアというと、どんなイメージを持つだろうか。人柄が明るい、料理がおいしい、おしゃれな人が多い……いろんなイメージがあるだろう。実は、イタリアは極めて人権意識の高い、ヒューマニティにあふれた福祉国家である。

例えば、イタリアの刑務所だ。ローマのある刑務所の中には、服役中から、企業の従業員として雇用される人もいるという。従業員として刑務作業でパン作りをこなし、できあがったパンは刑務所に併設された店舗で売られたり、スーパーに並んだりしている。雇用する企業側もボランティア精神ということではなく、全国的にも名の通った有名な企業や腕利きのシェフがいる三つ星レストランが関わり、日本の刑務作業で得るような低賃金ではなく、雇用形態に応じた報酬が支払われている。

日本では、受刑者が作った製品などは「矯正展」などで格安で売られ、物価高に苦しむ日常生活の中で、昨今は人気だったりする。ただ、あくまで矯正展での商品の一つで、非日常的な空間のままだ。実際、受刑中の雇用は認められておらず、出所者を積極的に雇用する協力雇用主側に大企業はほとんどなく、多くが建設会社で、出所者は肉体労働に従事するのが常だ。

だが、イタリアでは、日常生活の中に受刑者が組み込まれている。刑務所の中と外の世界を明確に線引きせず、あいまいな「のりしろ」部分を多く用意する社会になっている。

そんなイタリアは、刑務所と同じ拘禁施設でもある精神科病院を閉鎖した国としても知られる。一九七八年施行の「バザーリア法」に基づき、約二〇年かけて精神科病院の閉鎖を終えていった。精神科病院の代わりに、地域で見守る体制を作り、メンタルヘルス改革を総掛かりでなしとげた国だ。

イタリアも最初からそういった取り組みがあったわけではない。北欧などから学び、自分の国に合うかたちにバージョンアップさせて意図的に取り入れていった。


ひるがえって日本。こんな逸話もある。

江戸の中期、仙台藩の儒者で、一七三八年に蟄居の身となった蘆野《あしの》（本名岩淵）東山《とうざん》が、中国の刑律を集大成し、東山の見解を加えた『無刑録』一八巻を編んでいる。東山は幼い頃より聡明で、仙台城下で儒学などを学んだ人物だ。ただ、かたくなな性格が禍《わざわい》となってしまったのだろうか、藩とぶつかり、二四年間の幽閉生活を送る中で、国内の刑法思想の根本原理を記した『無刑論』を大成させた。

その中に出てくるのが「刑期于無刑」（ケイハケイナキニキス）という言葉だ。意味は、「刑罰をもうける目的は、刑罰が無用になることにある――」。

つまり、教育刑の思想は、欧州で一九世紀末に生まれたとされるが、中国古今の書を読みとき、欧州で新派の刑法学が現れるより一〇〇年も前に、この国にこのような教育刑主義が到達していたという証明になる。残念ながら、刑法は秘すべきとされた江戸期にあって、一般的に公になることはなく、刊行されたのは明治になってからだが、ただ、日本にもそんな先進的な取り組みの史実があったということは確かだ。

更生の現場は今、変革のまっただ中にある。それを生かすも殺すも、制度設計側の果敢な取り組みと、社会側の意識の変化をどれだけ促すことができるかにかかっているように思う。社会福祉士として新聞記者として、多くのストーリーを紡ぐお手伝いができたらと願ってやまない。

参考資料

法務省『令和4年版犯罪白書』
法務省「2022年　矯正統計年報」
中日新聞社会部連載「罪人の肖像」(二〇二一年に同紙にて随時掲載)
立岩真也『精神病院体制の終わり―認知症の時代に』(青土社、二〇一五年)
古屋龍太『精神障害者の地域移行支援―退院環境調整ガイドラインと病院・地域統合型包括的連携クリニカルパス』(中央法規、二〇一五年)
原義和『消された精神障害者―「私宅監置」の闇を照らす犠牲者の眼差し』(高文研、二〇一八年)

あとがきにかえて――社会ができることとは

優さんとの出会いは刑務所関連のイベントだった。二〇二二年一二月に名古屋刑務所で刑務官らが受刑者に暴行を繰り返していた問題が明らかになり、更生支援を手がける弁護士らを招き、緊急的に開かれた講演会に参加していた時のことだった。

講演会の主催は、市原みちえさん（七八）が主宰する「いのちのギャラリー」。市原さんは、『無知の涙』など獄中で多くの文学作品を残し、一九九七年に死刑が執行された永山則夫元死刑囚＝享年四八＝の最後の面会者で、遺品を預かっている支援者の一人だ。永山元死刑囚に関連して、更生支援のイベントを多く開いており、今回もその一環だった。

会場には優さんの姿があった。妙にすっと伸びた背筋やきびきびとした動き。少しだけ何かに怯えているような緊張した表情。うまく説明できないが、何だか独特な雰囲気を醸し出しているように見えた。刑務所内の話になると、小さくうなずいたり、少し首をひねったり、内部の様子を知っているような雰囲気もあり、「もしかしたら……」と思えた。休憩時間がきたら声をかけてみよう。

予感は的中した。

「失礼だったらすいません。もしかして出所者の方ですか?」

「失礼ではありません。三五年間服役していました」

「三五年……。無期懲役ということでしょうか」

「はい、そうです」

最初は短いやりとりだったが、無期懲役という言葉の響きに少し私自身の背中に緊張が走った。事情はわからないが、刑法上、命を奪った罪で服役していた可能性を示している。ただ、とても真面目そうで実直な人柄であることは一目見てわかった。きっと訳があったに違いない。そう信じたくなるようなたたずまいを持っていた。

「詳しく話を聞かせてもらえませんか」。反射的にそう願い出ると、「少し考えさせてください」との返事だった。数日後、電話があり、「ぼくの話でよければ是非聞いてもらいたい。社会のために話したいと思っています」と快諾してくださった。

最初、優さんに話を聞かせてもらいたいと思ったのは、社会福祉士としての視点からだった。時代背景は違うけれども、罪を犯すまでに本当に福祉につながれなかったのだろうか。福祉が役に立つことはなかったのだろうか。だとしたら、どこがターニングポイントだったのか。この国の福祉支援の脆弱性について知ることができるとともに、社会が学ばなければならない視点がきっとあるはずだという思いからだった。

と同時に、三五年間もの長いあいだ服役していた人の目から、この社会は一体どう見えているんだろう。そんな思いもあった。この社会が失ったもの、欠けてしまったものが逆に見えるのではないだろうかとの思いもあったからだ。

しかしその思いを貫くことは、優さんに、もう一度これまでの人生について洗いざらい話をしてもらい、追体験をさせてしまうことを意味していた。自身の犯歴や罪と向き合ってもらう苦しい作業にもなる。特に、薬物に関することを詳細に語ってもらうことは、トラウマを呼び起こすことにもつながりかねず、慎重に慎重の上にも慎重を期した。優さんをいらつかせ、ももやもやさせてしまったことも一度や二度ではない。無理に踏み込まず、優さんが話したくなるまで何時間も何日も待つことも何度もあった。

二人で話をしていると、優さんはよく母親のことを思い出した。幼い頃、病弱だったため母親とバスに乗り病院に向かう途中、坂の下に養護施設があり、その施設の子どもたちが楽しく遊ぶ姿を見ながら、「あの施設に入りたい」とつぶやいてしまったことがあったという。その頃の優さんは、長男のお兄さんから叱られ続け、父親と母親は黙っているばかり。そんな両親の下で少なからず孤独を感じ、親の愛情をもっと受けたいと、振り向かせようという子ども心で言ってしまった言葉のようだった。今でも寂しそうな母親の横顔が忘れられず、「なぜ、あんなつらい言葉を母親に言ってしまったんだろう」と、今更ながら母親の死が悔やみきれず、引きずっていることを告白してくれた。

幼い頃はわからなかった家族関係も、戦争をまたいで複雑な家庭になっていったことも大人になってわかり、余計に後悔は募ったという。

「誰かを幸せにしたいと思いながら、何もできない自分を悔やみながら、逃れられぬ孤独を感じながら、それでも日々を過ごしている」と明かし、「でもそれは、自分だけではないはず。

誰しもが何かしらつらい過去を背負いながらきっと生きているのでしょうね。人生はつらいですね」。最後は明るい調子でその会話を終えた。

社会福祉士は目の前の人を「元受刑者」といった肩書きではなく、ソーシャルウェルビーイングの視点で向き合う。ソーシャルウェルビーイングとは、言うならば、その人自身が持つ「強さ」に目を向け、どれだけ周囲との関係性の中から今ここにいる幸せを感じられているかどうか、といった視点だ。優さんに自身のことを語ってもらうことで、自分は一体何なのか、どんな思いで生きているのかという自己覚知につなげてほしい。優さん自身が自分の人生を整理し、もう一度生き直す作業のお手伝いができるのではないかとの思いがあった。「個人の罪」と言い切るには、「引っかかり」があるようにも思えた事件だったからだ。

家族の不協和音や不幸な死、吐けなかった弱音……。行き場のない思いからお酒や薬物につながっていく実態、被害が加害に転嫁されていく過程など、社会で考えていけたらと思うようになった。

もし、福祉の手がさしのべられていたら。もし、誰かが「大丈夫ですか」と声をかけていたら。当時と今とでは制度も環境も違うところは多くあるが、それでも、そんな「もし」が重なれば、優さんにはもっと違った人生があったかもしれない。

犯罪が起きるということも、更生していくということも、全ては社会と地続きだ。そこに何か教訓があるとしたら、それらは社会で共有してもいいのではないかと思うようになった。その目的は二度と悲しい事件を、二度と悲しい被害者を生まないためにだ。そういった発信を続けていくことは記者としての立場でできることだった。

優さんのことを伝えることのジレンマ、葛藤もなかったわけではない。優さん自身も自分が罪を再び語ることで、被害者家族ら誰かを傷つけたり、不快な思いにさせたりするのではないかと何度も迷い、不安な思いに駆られた。語ることで癒やされ前進することもあったが、語ることで後悔させることもあった。進んでは下がり、下がっては進みを繰り返す日々。社会福祉士と新聞記者との狭間に私自身も揺れた。

と同時に、私自身も自己覚知していった。優さんに初めて取材をした日、開口一番に言われた言葉は「あなたの夢は何ですか？」だった。こんな直球で問いを投げかけられたことは久しくなく、答えに言いよどんでしまったことは苦い思い出だ。それ以後、私はこの問いを胸に、今を生きている。

優さんのことを伝えることの意義も何度も考えさせられた。刑期を終えたのだから元受刑者でも平等に扱われるべきだという考えもあるが、「元殺人者」に変わりはないという意見もある。被害者感情に配慮する必要もあった。

それでもこの本を綴る意味は、事件は過去の連なりと切り離して考えることはできないということだった。もう二度と犯罪者を生まないという再犯防止への手がかりも過去に探るほかないとすれば、これまでの事件や、更生の歩みを進める人の姿に学ぶことは、依然として社会にとって重要な営みになる。それぞれの立場での問い直しが、新しい社会を創り出すのではないかと思った。紋切り型の論調も多い中で、白黒つかないものこそ社会で考えていけたらいい。

そんな思いで優さんの言葉を世に送り出した。

タイトルの「服罪」は文字通り、罪に服することだ。文字の奥深くに広がる思いや現状を、優さんの人生を通じて綴らせてもらった。

優さんは、私自身の両親とほぼ変わらない年齢だ。服役した期間は私の年齢にほぼ匹敵するほどの長さだった。つまり優さんは、私自身が生きてきた人生の大半を、ずっと刑務所の中で服役して過ごしていたということだった。その時間軸は、とても不思議な感覚にも思えた。一人の人間のそれだけの自由を拘束しておこなわれる、償うということの意味と更生への思い。立ちはだかる司法の重みを感じずにはいられなかった。

そんな優さんとの出会いが、いみじくも永山則夫の意思を継ぐ支援者の集会だったことは、偶然とは思えない。永山則夫の事件は「永山基準」として今も死刑判断の「ものさし」とされている。一方で、永山自身も壮絶な貧困や不遇な家庭環境などの社会問題や福祉の問題とともに語られ、罪を犯すまでに社会ができることは本当になかったのか今も問われ続けている。

優さんとはいつも、優さんの自宅近くにある昭和の雰囲気を漂わせている喫茶店で会った。何度通ったかわからない。レトロといえばおしゃれなイメージが伴うが、まるで時が止まったようなその昭和な趣は、優さんの思い出を喚起させ、お互いが落ち着く環境だった。氷がカランっと明るい響きを伴って溶けていく音、今にも止まりそうなエアコンの騒がしさ、刑務所でたまに出たともいうコーヒーの入れ立ての匂い……。生活の営みが香るその場所で、懸命に言葉を紡いだ。過去を振り返る時、優さんがハンカチで目頭をぬぐうことが何度もあった。つらかった記憶も刑務所の中での話も包み隠さず話してくれたことで、信頼関係を育むことができた。そして、出所後の課題も社会で共有したいと、話し合いを重ねることができたこと、私に新たな視点を与えてくれたこと。優さんに、この場を借りて心から感謝したい。

福祉の葛藤は今、どの分野であっても、現場の至る所に落ちている。だからこそ私は、社会福祉士、精神保健福祉士、そして新聞記者としてそれらをできる限り拾い集め、今後も刻み続けたい。社会の片隅で生きるあなたのつらさを、少しでも社会で包み込んでいけるように——。

この本を読み進めてくださったみなさんの心にどんなあかりが灯っているか、できれば温かいものであってほしいと願うばかりだ。

書籍化の話に背中を押してくださり、当時の話を聞かせてくださった宮本智《さとみ》弁護士、そして、ここまでのこういった道のりを辛抱強く見守り続けてくださった編集者の谷川茂さんにこの場をもって、深く、深く感謝したい。

二〇二四年六月

木原育子

木原育子（きはら・いくこ）

1981年、愛知県一宮市出身。名古屋大学大学院国際言語文化研究科修了後、2007年に中日新聞社に入社。2015年から東京新聞（中日新聞東京本社）社会部で、警視庁や都庁担当を経て、2020年から特別報道部。精神医療や司法福祉、児童養護など福祉に関わる社会課題を中心に取材中。アイヌ民族を巡る差別問題では、2023年のメディア・アンビシャス大賞を受賞。2022年に社会福祉士、2023年に精神保健福祉士の資格を取得し、東京新聞特報面で企画連載「社会福祉士⇔新聞記者」を掲載している。著書に絵本『一郎くんの写真―日章旗の持ち主をさがして』（福音館書店）、共著に『戦後の地層　もう戦争はないと思っていました』（現代思潮新社）など。

論創ノンフィクション 056

服罪

無期懲役判決を受けたある男の記録

2024年10月1日　初版第1刷発行
2025年 6月1日　初版第2刷発行

著　者　木原育子
発行者　森下紀夫
発行所　論創社
東京都千代田区神田神保町 2-23　北井ビル
電話　03（3264）5254　振替口座　00160-1-155266

カバーデザイン　奥定泰之
組版・本文デザイン　アジュール
校正　小山妙子
印刷・製本　精文堂印刷株式会社
編　集　谷川 茂

ISBN 978-4-8460-2324-9 C0036